FREISING KRIMI

Roswitha Wildgans, Jahrgang 1963, studierte an der Musikhochschule München Gesang. Sie trat als Solistin auf, war Mitglied in verschiedenen Profichören und arbeitete mehrere Jahre als Gesangspädagogin an einer Musikschule. Sie lebt mit Mann und Tochter in der Nähe von Freising. »Finale Furioso« ist ihr erster Kriminalroman.

ROSWITHA WILDGANS

FINALE FURIOSO

FREISING KRIMI

Emons Verlag

Umschlagzeichnung: Heribert Stragholz
Druck und Bindung: Clausen & Bosse GmbH, Leck
Printed in Germany 2006
ISBN 3-89705-437-X

www.emons-verlag.de

Tausend Künste kennt der Teufel, aber singen kann er nicht.
Max Bewer (1861–1921)

1

»Der Alt ist zu tief, und bei den Koloraturen stimmt nur jeder dritte Ton!«, schrie der neue Kirchenmusiker von St. Peter und Paul in unsere Richtung. »Alt I bitte alleine!«, befahl er streng und zückte seine Stimmgabel.

Im Alt I saßen die jüngeren Damen, vorwiegend Studentinnen, die jeden Chorleiter anhimmelten, selbst wenn es so ein aufgeblasener Schnösel wie Herr Feldberg war. Natürlich würde Herr Feldberg gleich feststellen, dass die Unsauberkeiten nicht aus dem Alt I kommen konnten, weil die Damen doch so hübsch und so nett sind, und dass der Ursprung aller Missklänge im Alt II zu finden sei. Dort singe ich. Allerdings war ich mir sicher, dass die Missklänge ebenso wenig von mir stammen konnten, schließlich bin ich die einzige Person des ganzen Chores, die über das absolute Gehör verfügt. Die Bach-Motette »Singet dem Herrn ein neues Lied«, die wir gerade einstudierten, könnte ich rückwärts vom Blatt singen, wenn es jemand hören wollte. Aber das war offenbar in diesen Zeiten nicht gefragt. Es ging um weiche Ansätze, um mühelose Geläufigkeit und vor allem um eine leichte Höhe. Bei den Kriterien schneide ich etwas schlechter ab, was in meinem Beruf begründet liegt. Ich bin seit dreißig Jahren Wirtin der Weinstube »Zum Kuckuck« im Freisinger Stadtteil Neustift und in dieser Eigenschaft natürlich äußerst trinkfest. Den tieferen Lagen meiner Stimme hat das bis jetzt kaum geschadet, aber die Töne über dem zweigestrichenen Cis entziehen sich mir jeglicher Kontrolle. Da ich mir dessen bewusst bin, steige ich spätestens ab dem C“ aus, um den Chorklang nicht zu gefährden. Mit Herrn Buchbinder, dem Vorgänger von Herrn Feldberg, habe ich mich auf diese Art zwanzig Jahre lang gut arrangiert, er wusste meine Qualitäten unterhalb des Cis“ immer zu schätzen. Außerdem hatte er fast nie Literatur ausgesucht, in welcher der Alt solche

Extremlagen erklimmen muss. Aber dieser Feldberg musste natürlich gleich mit einem Werk antanzen, das nicht nur meinen stimmlichen Rahmen sprengte, sondern bereits das erste Opfer gefordert hatte. Letzte Woche hatte er unseren dienstältesten Tenor Hans zum Vorsingen bestellt und ihm klar gemacht, dass seine Zeit als Chorsänger abgelaufen sei. Dann hatte er ihn großzügig mit einer Schachtel Pralinen in den Ruhestand geschickt. Seitdem herrschte im Chor das große Zittern, wer wohl der Nächste sein würde, den Herr Feldberg aus unserer jahrzehntelang gewachsenen Chorgemeinschaft verbannen wollte.

»Der Alt I kann es nicht gewesen sein! Es muss also aus dieser Ecke kommen!«, drohte Herr Feldberg in meine Richtung.

Er gab uns mit seiner Quäkestimme ein Es und begann mit wachsamer Miene wie ein Raubtier, das seiner Beute auflauert, vor dem Alt II hin und her zu tigern. Ich setzte beherzt ein und riss meine verängstigten Nachbarinnen mit. Dem werden wir's zeigen! Als ich mein erstes Konzert gesungen habe, hast du noch in die Windeln gemacht, baute ich mir innerlich Selbstvertrauen auf. Es lief alles bestens, er konnte trotz Böswilligkeit keinen Grund zum Abbrechen heraushören.

Doch dann näherten wir uns Takt 120, bei dem der Alt zweimal zum D“ und in Takt 122 und 123 sogar sechsmal zum Es“ musste. In gewohnter Manier stieg ich aus und machte nur noch Mundbewegungen.

»Stopp!«, schrie Herr Feldberg aufgeregt, »Stopp! Kann es sein, dass sich da jemand in den hohen Lagen schont und den anderen die Arbeit überlässt?«, fragte er gierig und war offensichtlich glücklich darüber, dass er endlich etwas gefunden hatte, um dem Alt II eines auf die Mütze zu geben.

»Gleiche Stelle noch mal, ›Die Kinder Zion‹!«, ordnete er an und pirschte sich langsam in meine Richtung vor.

Ich saß wie immer am äußersten Ende der ersten Reihe, mir war klar, dass er gleich vor mir stehen würde. Wir näherten uns Takt 120, ich überlegte fieberhaft, was ich tun sollte.

Es gab nur eine Möglichkeit: Ich musste singen, sonst würde es mir ergehen wie Hans. Ich nahm also Anlauf in 119 und schleuderte die Koloraturen auf Herrn Feldberg. Gleich würde das erste D“ kommen, ich stützte, was das Zwerchfell hergab.

Jawohl! Und noch mal! Geschafft!

Die beiden D“ waren gekommen, und zwar astrein! Takt 120 nutzte ich wieder, um mich kräftig aufzupumpen, denn gleich würde sechsmal das hohe Es kommen. So, auf geht's! Ich näherte mich den Spitzentönen und erreichte qualvoll das Es“, konnte es jedoch nicht halten, es flackerte sofort zurück auf das D“, ich versuchte es noch mal und noch mal, aber das Es“ wehrte sich und klammerte sich gleich wieder an das D“. Aber was war das? Genauso stand es in der Partitur! Es, D, Es, D, Es, D! Alles hatte gepasst! Ha, hoffentlich haben es alle gehört! Nein, ich gehöre noch nicht zum alten Eisen mit meinen fünfundfünfzig Jahren! Jetzt hab ich's allen gezeigt! Na schön, mein Timbre hat sich etwas verändert da oben, meine Stimme klang so, als könnte ich seit einer Woche nicht mehr aufs Klo gehen, aber was soll's? Ich bin immer noch die Stütze des Alt II, und zwar in allen Lagen!

So, jetzt wieder Anlauf und das Gleiche noch mal!

»Frau Kuckuck«, unterbrach mich Herr Feldberg in meinem Höhenflug, »Frau Kuckuck, ich möchte Ihre Stimme besser kennen lernen. Könnten Sie morgen Abend nach der Abendmesse zum Vorsingen kommen?«

Was hatte das zu bedeuten? Hatte ich nicht soeben vor allen Leuten demonstriert, dass ich in bester stimmlicher Verfassung war? Und das alles noch kombiniert mit meinem absoluten Gehör, da müsste sich doch jeder Chorleiter die Finger nach mir abschlecken! Nein, es konnte nicht darum gehen, dass er mich aus dem Chor werfen wollte. Meine Freundin Lilli hatte erfahren, dass Herr Feldberg im Sommer die Orgel-Solo-Messe von Haydn aufführen und die Solopartien aus dem Chor besetzen wollte. Natürlich, darum ging es, er wollte mich überreden, das Alt-Solo zu übernehmen! Ach, was hatte ich diesem jungen Mann Unrecht getan. Wie konnte ich bloß so schlecht von ihm denken, nur weil er etwas eigen und gleichzeitig so ehrgeizig war! Man müsste ihm ein bisschen unter die Arme greifen und ihn in die Freisinger Gesellschaft einführen, wahrscheinlich würde er dann schon auftauen. Ich beschloss, ihn gleich morgen Abend nach dem Vorsingen mit in die Weinstube zu nehmen und einige ausgewählte Freunde aus dem Chor dazu einzuladen.

Beschwingt sang ich die Probe zu Ende und marschierte anschließend mit dem harten Kern unseres Chores in meine Weinstube schräg gegenüber der Kirche.

Es war nicht leicht gewesen, sich in der Bierstadt Freising mit einem Weinlokal durchzusetzen, aber mittlerweile wissen die Freisinger diese Abwechslung durchaus zu schätzen. Das alljährliche Weinfest in der Fischergasse erfreut sich immer größerer Beliebtheit, auch die zunehmende Zahl der Weinfachgeschäfte in unserer Stadt lässt einen deutlichen Aufwärtstrend in Sachen Weinkultur erkennen.

»Mensch Maja«, meinte Lilli geknickt, während sie mich unterhakte, »du hast so gut gesungen, trotzdem bestellt dich der Feldberg zum Vorsingen. Also wenn der dich rausschmeißt, dann gehe ich auch!«

»Wer sagt denn, dass er mich rausschmeißen will. Du hast doch gehört, er möchte lediglich meine Stimme besser kennen lernen.«

»Hoffentlich hast du Recht, irgendwie trau ich dem Kerl nicht.«

»Ach, Lilli, der ist bloß ein wenig humorlos, sonst nichts. Keine Sorge, den biegen wir uns schon zurecht«, erklärte ich gut gelaunt.

Lilli war schon immer eine notorische Schwarzseherin, sie rechnet grundsätzlich mit dem Schlimmsten. Da mir diese Tatsache bekannt ist, gebe ich überhaupt nichts auf ihr negatives Gerede. Sie ist vierundvierzig und meine beste Freundin, obwohl sie als dreifache Mutter und Hausfrau ein völlig anderes Leben lebt als ich.

Wir betraten mit den anderen mein Lokal.

Wie immer war die Weinstube am Freitag gut gefüllt. Die Chormitglieder setzten sich an den reservierten Tisch, während ich kurz bei den Angestellten und den Gästen nach dem Rechten sah.

»Hallo, Andreas, alles in Ordnung?«, fragte ich den bestaussehenden Kellner der ganzen Stadt, der gleichzeitig meine rechte Hand ist.

»Alles normal, aber der neue Student in der Küche ist ziemlich langsam.«

Neben Andreas beschäftige ich immer zwei Studenten, die sich entweder in der Küche oder im Service ein paar Euro verdienen können. Da es bei uns nur kalte Snacks wie Käseplatten oder Schmalzbrot gibt, sollte man meinen, dafür bräuchte man keine besondere Qualifikation, aber selbst dabei war so manches Muttersöhnchen überfordert. Wie gut, dass man bei Maja Kuckuck ein paar Überlebenstechniken lernen und sich obendrein nach Dienstschluss satt essen konnte.

Ich begrüßte einige Gäste und ließ mich schließlich am Chorstammtisch nieder. Da ich in meiner Weinstube auch Bier ausschenke, bevorzugten einige Sänger nach der Probe erst einmal ein frisches Weißbier gegen den Durst, bevor sie auf einen leichten Weißwein umstiegen. Die Gläser waren bereits halb leer, als die Chormitglieder heftig über die neuen Vorsingmethoden von Herrn Feldberg diskutierten.

»Wenn der dahinter kommt, dass ich gar keine Noten lesen kann, hat meine letzte Stunde in eurer Mitte geschlagen«, jammerte Chorsprecher Ullrich aus dem Bass.

»Na und, wenn du alles auswendig kannst, kann er dir doch nichts nachweisen«, ermutigte ihn die resolute Irmi aus dem Sopran.

»Und was ist, wenn wir etwas vom Blatt vorsingen müssen? Da geh ich lieber gleich, diese Blamage tu ich mir nicht an«, meinte Tenor Heribert entschlossen.

»Jetzt macht euch doch nicht ins Hemd! Wenn er alle rausschmeißt, hat er keinen Chor mehr, das kann doch nicht Sinn und Zweck der Sache sein. Nein, nein, ich glaube, der möchte seine Sänger nur besser kennen lernen, damit er weiß, was er uns in Zukunft zumuten kann«, versuchte ich die aufgebrachte Menge zu beruhigen.

»Und was war mit Hans?«, wollte Thea aus dem Alt wissen, die eng mit dessen Frau befreundet ist.

»Das würde mich auch interessieren, aber da werde ich den Feldberg morgen zur Rede stellen! Den Hans holen wir uns wieder, das garantiere ich euch«, sprach ich mit der Überzeugung einer gefragten Altsolistin, die sonst vielleicht keine Lust haben würde, das Solo zu singen. »Was ist besser für die Stimme, Bier oder Wein?«, fragte ich meine Mitsänger.

»Ich glaube, es ist beides gleich schlecht. Aber ich habe gehört, ein warmes Bier mit einem Ei drin soll gut sein«, meinte Lilli.

»Das ist doch nicht dein Ernst«, sagte ich entsetzt.

»Doch, hab ich gehört!«

Ich ging zum Tresen und zapfte mir zwei Pils. Was tut man nicht alles für die Karriere! Das eine Pils stellte ich fünfzehn Sekunden in die Mikrowelle und schlug anschließend ein rohes Ei hinein. Dann kehrte ich mit beiden Gläsern an den Tisch zurück.

»Maja, du spinnst«, sagte Ullrich ernsthaft besorgt.

»Wenn die Kunst es verlangt!«, sagte ich tapfer und goss mir das warme Eierbier ohne abzusetzen in den Rachen. Jetzt nur keinen Nachgeschmack aufkommen lassen, dachte ich panisch und setzte sofort das kühle Pils an. Als ich auch das auf einen Zug gelehrt hatte, fand ich die Prozedur im Nachhinein gar nicht so schlimm.

»Hoffentlich wirkt's!«, rief ich in Lillis Richtung.

»Hoffentlich, Maja, hoffentlich«, sagte diese ernst.

2

Es war achtzehn Uhr dreißig, ich war gerade dabei, mich einzusingen. Verdammt, ausgerechnet heute lief es ganz schlecht. Das D“ bestand nur aus heißer Luft und das Es“ war so gut wie unerreichbar. Ich ging ein Stockwerk tiefer in die noch geschlossene Weinstube und zapfte mir zwei Pils.

Nachdem ich die Prozedur mit dem Eierbier hinter mich gebracht hatte, beschloss ich aus psychologischen Gründen, mich nicht mehr weiter einzusingen und die Wirkung des Zaubergebräus erst beim Vorsingen in Anspruch zu nehmen. Stattdessen ging ich wieder hoch in meine Wohnung und legte vor dem Badspiegel noch eine zusätzliche Schicht Verputz auf. Eine Solistin muss schließlich etwas hermachen. Wenn ich zehn Kilo weniger hätte, könnte ich es noch mit jeder Dreißigjährigen aufnehmen, stellte ich zufrieden fest. Aber abnehmen geht ja angeblich auf die Stimme, das konnte ich mir ab jetzt wirklich nicht mehr leisten.

Inzwischen war es zehn nach sieben, ich machte mich langsam auf den Weg zum Chorprobenraum im Pfarrheim, das sich unweit der Kirche befindet. Es war ein ungemütlicher Februarabend, nasskalter Nebel breitete sich über dem Platz vor dem Landratsamt aus. Die hell erleuchteten Schaufenster vom Modehaus Feller wirkten aus ein paar Metern Entfernung fast wie Milchglas. Unwillkürlich zog ich meinen Schal weiter nach oben, um die Stimme vor schädlichem Kälteeinfluss zu schützen. Meine schwarzen Lackpumps waren zugegebenermaßen nicht ganz das richtige Schuhwerk für diese Jahreszeit, aber bei einem Vorsingen ist die Gesamterscheinung natürlich von erheblicher Bedeutung. Wer schön sein will, muss eben frieren, dachte ich, während ich vor der verschlossenen Tür des Pfarrheims auf Herrn Feldberg wartete.

Die Kirchenglocke schlug halb acht, und ich war sicher,

dass er jetzt bald kommen musste. Die Abendmesse dauert normalerweise bis um Viertel nach sieben, so weit war der Weg hierher schließlich auch nicht.

Um zehn vor acht packte mich die Wut. Was bildete sich dieser Wichtigtuer eigentlich ein, mich hier halb erfrieren zu lassen! Ich beschloss, ihm entgegenzugehen, vielleicht hatte der Pfarrer ausnahmsweise überzogen.

Der große Platz vor der Kirche war wie leergefegt, es kamen auch keine Menschen mehr aus der Kirche. Die Kirchenfenster waren dunkel, der Pfarrer hatte die Innenbeleuchtung bereits abgeschaltet. Das durfte doch nicht wahr sein! Die Abendmesse war längst zu Ende, Herr Feldberg hatte mich tatsächlich vergessen!

Ich öffnete das schwere Kirchenportal und die Innentür, dann betrat ich das Gotteshaus. Es war absolut finster, nur von der Orgelempore leuchtete ein schwaches Licht herunter. Herr Feldberg schien gerade ein äußerst merkwürdiges Werk auf der Orgel zu interpretieren. Es handelte sich um einen Cluster, der sehr lange ausgehalten werden musste. Auf einmal hörte ich hastige Schritte auf mich zukommen, jemand rannte mich um, sodass ich zu Boden fiel.

Die Gestalt stürzte ebenfalls und versuchte sofort wieder aufzustehen. In dem Moment flogen die Scheinwerfer eines vorbeifahrenden Autos durch die hohen Kirchenfenster, das weiße Licht streifte für den Bruchteil einer Sekunde unsere Gesichter. Ich konnte lediglich erkennen, dass es ein Mann war, der sich da neben mir auf dem Boden aufstützte. Eine weitere Sekunde später hatte er bereits das Kirchenportal erreicht und rannte hinaus. Er hätte sich wenigstens entschuldigen können. Ich versuchte, in der Dunkelheit wieder Fuß zu fassen. Herr Feldberg spielte immer noch das merkwürdige Stück. Ich tastete mich langsam zur hölzernen Tür vor, hinter der sich der Treppenaufgang zur Orgelempore befand. Die Tür stand sperrangelweit offen, vorsichtig nahm ich die Stufen nach oben. Ein fahles Licht fiel von der Empore auf die Treppe, endlich konnte ich wieder etwas sehen.

O Gott, was war das? Ich hatte die Empore erreicht und

starrte geschockt auf die Orgelbank. Der Kopf von Herrn Feldberg lag vorn übergekippt auf dem zweiten Manual, die Hände hingen am ersten Manual, die Füße standen quer über mehrere Pedale und drückten diese zu einem scheußlichen Klang herunter. Zuerst dachte ich, er wäre ohnmächtig geworden, doch dann sah ich den Griff eines Messers, das aus seinem Rücken herausragte. Ich ging auf ihn zu. Je näher ich kam, desto sicherer war ich, dass er tot war. Mir lief ein eiskalter Schauer über den Rücken, ich hatte noch nie einen echten Ermordeten gesehen! Wie entsetzlich, so ein begabter junger Mann! Ich spürte, wie mir die Tränen in die Augen schossen und dass ich gleich losheulen musste, aber da blieb mein Blick abrupt an seiner ledernen Aktenmappe hängen, die halb geöffnet neben ihm auf der Orgelbank lag. Ich rang nach Luft und musste mich auf den nächstbesten Stuhl setzen, der auf der Empore herumstand. Automatisch griff ich nach irgendeinem Notenblatt, das auf einem anderen Stuhl lag, und fächelte mir Wind zu. Jetzt bloß nicht kollabieren! Ich wandte meinen Blick erneut zur Aktentasche und sah immer noch die Ecke einer Pralinenschachtel in Zellophan herausblitzen.

Dieser Mistkerl! Die Pralinen waren mit Sicherheit für mich bestimmt gewesen, der wollte mich doch tatsächlich rausschmeißen! Lilli hatte Recht, das war ein ganz gemeiner, tauber Fiesling!

Ich versuchte, mich wieder zu beruhigen, er war ja jetzt tot. Was macht man denn in solchen Fällen? Natürlich, ich musste die Polizei verständigen. Als ich in meiner Handtasche nach dem Handy kramte, fiel mir schlagartig ein, dass die Aufklärung des Mordes wahrscheinlich von Kriminalhauptkommissar Scheffel übernommen werden würde. Kommissar Scheffel war der Ehegatte von Ruth, dem größten Ratschweib des ganzen Chores. Nicht auszudenken, wenn Ruth von der Schachtel Pralinen erführe! Innerhalb von zwei Stunden wäre die ganze Stadt darüber im Bilde, dass mich Herr Feldberg aus dem Chor werfen wollte! Nein, das konnte ich nicht zulassen. Ich ging zur Orgelbank zurück und zog vorsichtig die Pralinenschachtel aus Herrn Feldbergs Aktentasche, immer darauf bedacht, keine unnötigen Fingerabdrücke zu hinterlassen. Dann steckte ich die Pralinen in meine eigene Tasche und wählte den Notruf der Polizei.

Während ich immer noch unter Schock stehend auf die Polizei wartete, kam mir plötzlich in den Sinn, dass ich vorhin womöglich mit dem Mörder zusammengestoßen war. Dieser Mann war ein gefährlicher Killer!

Ich begann zu zittern. Ob er noch hier war? Unsinn, ich hatte doch gehört, wie die Kirchentür auf- und zuging. Der Lärm, den die Orgel verursachte, schwoll auf einmal zu einem unheimlichen Klang an. Hatte da nicht eben auf der Wendeltreppe etwas geknackt? Vielleicht war er zurückgekommen, um mich auch noch um die Ecke zu bringen, schließlich hatte ich ihn kurz gesehen. Er könnte Angst haben, dass ich ihn erkannt hatte! Hatte ich ihn erkannt? Nein, er hatte ausgesehen wie ein Gespenst im schwachen Lichtschein der vorbeihuschenden Autoscheinwerfer. Es knackte wieder, ich hörte eindeutig Schritte die Wendeltreppe hochsteigen. Hilfe, was sollte ich bloß tun? Da erschienen zwei Polizisten auf der Empore. Erleichtert atmete ich auf.

»Ich bin Polizeiobermeister Moser, haben Sie uns vorhin angerufen?«, sagte der Größere der beiden und kam mit schnellen Schritten auf mich zu.

»Da sind Sie ja endlich!«, rief ich und deutete mit dem Finger auf Herrn Feldberg.

»Das sieht nicht gut aus«, bemerkte der andere Polizist treffend, während er sich über Herrn Feldberg beugte. »Doktor Schmidt ist unterwegs, und ich verständige die Kollegen von der Kripo in Erding!«

Polizeiobermeister Moser schüttelte den Kopf. »Sachen gibt's!«

Ich saß immer noch auf meinem Stuhl und fächelte mir mit dem Notenblatt von »Locus iste« Wind zu.

»Haben Sie irgendetwas angefasst?«, fragte Moser.

»Natürlich nicht, nur das hier«, sagte ich im Brustton der Überzeugung und hielt ihm das Notenblatt unter die Nase.

»Kommissar Scheffel ist unterwegs«, meldete der andere Polizist.

Tatsächlich, Ruths Mann hatte also Dienst.

»Wir haben in Freising keine Kriminalpolizei, deswegen sind die Kollegen aus Erding für uns zuständig«, klärte mich Moser auf.

Das wusste ich bereits von Ruth. Ihr Mann spielte immer wieder mit dem Gedanken, von Freising nach Erding zu ziehen, aber Ruth war strikt dagegen. Als gebürtige Freisingerin verfügte sie über ein dichtes Tratschnetz quer über die ganze Stadt, welches sie sich in den letzten fünfzig Jahren kontinuierlich aufgebaut hatte. Das wäre in Erding nicht mehr zu schaffen, sie müsste sich alle Kontakte erst hart erarbeiten.

Ein kleiner, grauhaariger Mann mit schwarzem Koffer kam auf die Empore und begutachtete Herrn Feldberg.

»Kann man diesen scheußlichen Klang nicht abstellen?«, rief er Moser zu, der daraufhin fragend die Schultern hob.

»Sie müssen die Register reinschieben«, instruierte ich den Polizisten neben Doktor Schmidt.

»Die was?«, fragte dieser unsicher zurück.

Ich stand auf und wollte ihm gerade behilflich sein, als plötzlich eine tiefe Stimme hinter mir brüllte:

»Bloß nichts anfassen!«

Kommissar Scheffel kam mit wuchtigen Schritten auf mich zu und besah sich den Toten. Mit ihm zusammen waren einige Männer gekommen, die Plastikhandschuhe trugen. Einer von ihnen zog kurzerhand den Schlüssel für den Strom aus der Orgel, sodass den Pfeifen die Luft ausging. Der volle Orgelklang rutschte jämmerlich ein paar Töne nach unten und verstummte schließlich vollends.

Endlich hielt es der bullige Kommissar Scheffel für angebracht, mich zu begrüßen.

»Sie haben Herrn Feldberg also gefunden, Frau Kuckuck. Was machen Sie eigentlich am Samstagabend hier oben?«, wollte der Kommissar wissen, während er einen Knopf auf seinem Diktiergerät drückte.

»Herr Feldberg hatte mich zum Vorsingen bestellt, es ging um den Solopart in der Haydn-Messe. Ich wartete eine halbe Stunde vergeblich vor dem Pfarrheim, aber er kam nicht. Daraufhin machte ich mir Sorgen. Ich ging in die Kirche, um nachzusehen, wo er bleibt. Und dann, Herr Kommissar, dann bin ich mit dem Mörder zusammengestoßen!«

»Wie bitte?«

Ich erzählte dem Kommissar und den umstehenden Polizeibeamten, was sich zugetragen hatte.

»Und Sie sind sicher, dass Sie den Mann nicht gekannt haben?«

»Ich bin sicher, dass ich ihn nicht erkannt habe, Herr Kommissar, das ist etwas anderes. Bei dem Licht hätten Sie Ihre eigene Mutter nicht erkannt. Außerdem ging alles so schnell!«

»Frau Kuckuck, kann es sein, dass der Mann Sie erkannt hat?«

»Das habe ich mir auch schon überlegt, und ehrlich gesagt, ich weiß es nicht.«

»Hm«, meinte der Kommissar stirnrunzelnd und überlegte eine Zeit lang, dann fuhr er fort: »Im Moment brauchen wir Sie hier nicht mehr. Ich lasse Sie jetzt nach Hause begleiten und gebe Ihnen meine Handynummer mit. Falls Ihnen im Nachhinein doch noch irgendetwas zu dem Mann einfällt, dann melden Sie sich bitte!«

»Jawohl!«, antwortete ich brav und wollte endlich nach Hause. In der Weinstube würden längst einige Chormitglieder auf mich und Herrn Feldberg warten. Denen hatte ich etwas zu erzählen!

3

Brrrrrrrh! Mit geschlossenen Augen tastete ich nach dem Wecker. Es war verdammt spät geworden gestern Abend, die Nachricht von der Ermordung des seligen Herrn Feldberg hatte natürlich eingeschlagen wie eine Bombe. Ein Mord in unserer Stadt! So etwas hatte es seit dem tragischen Amoklauf in der Wirtschaftsschule nicht mehr gegeben. Das Aufregendste, das Freising in kriminalistischer Hinsicht in letzter Zeit erlebt hatte, war das spurlose Verschwinden eines bekannten Freisinger Buchhändlers gewesen. Die Tatsache, dass dieser bis zum Hals in finanziellen Schwierigkeiten gesteckt haben soll, gab Anlass zu zahlreichen Spekulationen über den Grund seines Verschwindens. Gott sei Dank erwies sich die Sorge um den Mann als unbegründet, da er ein paar Tage später wieder von selbst auftauchte und erklärte, er habe sich lediglich eine Auszeit genommen. Ein gutes Ende war im Fall Feldberg allerdings nicht mehr möglich, tot ist tot, und mit einem Messer im Rücken war ein natürlicher Todesfall auszuschließen. Diejenigen Chorsänger, die ich für den gestrigen Abend ohnehin in die Weinstube bestellt hatte, informierten sofort über Handy die restlichen Chormitglieder. So kam es, dass um zehn Uhr fast der gesamte Kirchenchor in der Weinstube versammelt war. Auch wenn Herr Feldberg nicht gerade ein Sympathieträger war, so war die Bestürzung über seinen gewaltsamen Tod doch sehr groß. Natürlich kursierten auch sofort wieder die wildesten Gerüchte über mögliche Tatmotive und sogar über geheime Verbindungen von Herrn Feldberg zur Mafia, aber letztendlich musste man allgemein feststellen, dass man über Herrn Feldberg sehr wenig wusste. Kein Wunder, er war ja auch erst vor vier Wochen hierher gezogen. Bis auf die Tatsache, dass er dreißig Jahre alt und ledig war, war nichts weiter über ihn bekannt.

Ich stand auf, ging ins Bad und zog mich an für die Kirche. Im Stehen trank ich noch schnell einen Espresso, dann marschierte ich los. Es war zwar erst halb zehn, ich hatte noch eine halbe Stunde Zeit, bis die Messe beginnen würde, aber vielleicht konnte ich mich in der Zwischenzeit noch ein wenig auf der Orgelempore umsehen. Ich fragte mich, warum von den Gottesdienstbesuchern der Abendmesse niemand etwas von dem Mord an Herrn Feldberg bemerkt hatte. Allem Anschein nach hatte er gerade Orgel gespielt, als er erstochen wurde. Meiner Meinung nach musste man doch hören, wenn aus einem Präludium oder aus einer Fuge auf einmal ein hässlicher, liegender Klang wird!

Ich ging über die kleine Brücke und an den beiden bunten Bären am Platz vorbei, auf denen der Tau in der Sonne blitzte. Die originellen Kunstobjekte, die das Wappentier von Freising darstellten, strahlten eine Heiterkeit aus, die über das schreckliche Geschehen vom gestrigen Abend hinwegtäuschte. Merkwürdig, dachte ich, warum standen mehrere ältere Leute unschlüssig auf dem Platz vor der Kirche herum und gingen nicht hinein? Als ich näher kam, stellte ich fest, dass rund um den Kircheneingang ein rot-weißes Absperrband gespannt war. Sollte das heißen, dass die Spurensicherung immer noch in der Kirche zugange ist? Wollten die vielleicht alle Fingerabdrücke der ganzen Kirchengemeinde sammeln? Vor der Absperrung stand ein Schild mit der Bekanntgabe, dass am heutigen Sonntag nur die Abendmesse stattfinden würde. Ich ging also wieder nach Hause und versuchte, mich bis zum Abend mit Arbeiten in der Küche abzulenken.

Endlich war es sechs Uhr. Erneut zog ich meinen warmen Mantel an und machte mich auf den Weg zur Kirche. Ich schlich an den paar Gläubigen vorbei, die schon in den Bänken saßen, und stieg leise die Wendeltreppe empor. Herr Feldberg war natürlich längst weggebracht worden, es war nichts zu sehen, was auf das gestrige Drama hingedeutet hätte. Seine Aktentasche hatte die Polizei ebenfalls konfisziert. Gott sei Dank hatte ich die Sache mit den Pralinen noch rechtzeitig aus der Welt geräumt, sodass nie irgendjemand erfahren würde, welches Fehlurteil ein angeblicher Profimusiker über meine Stimme gefällt hatte! Ich ging zur Orgelbank und sah mir die aufgeschlagenen Noten an. Es war der Schluss von »L'Apparition de l'Église éternelle« von Olivier Messiaen. Aha, dachte ich, alles klar. Ich hatte dieses Werk schon einmal im Konzert bei Herrn Buchbinder gehört, daher wusste ich, dass es lang und sehr modern war. Die meisten Kirchenbesucher waren sicher schon längst draußen, bevor Herr Feldberg das Stück zu Ende gespielt hatte. Und selbst wenn sich während des Mordes noch jemand in der Kirche aufgehalten haben sollte, wäre der Cluster, den Herr Feldberg nach seiner Ermordung verursachte, nicht in der Weise aufgefallen wie beispielsweise nach einem Stück von Bach oder Mozart.

Da hörte ich wieder das bekannte Knacken der Wendeltreppe. Waren das die ersten Schaulustigen, die den Ort des Verbrechens besichtigen wollten? Nein, es war Michael, der neue Student, der seit zwei Tagen bei mir in der Weinstube arbeitete und der laut Andreas ziemlich langsam war.

»Was machen Sie denn hier?«

»Herr Pfarrer Stark hat mich vorhin angerufen, ich soll so lange als Organist einspringen, bis ein Nachfolger für Herrn Feldberg gefunden ist«, sagte er kurz und knapp.

Er schwang sich professionell auf die Orgelbank, schaltete den Strom ein und zog ohne zu überlegen bestimmte Register. Dann klingelte Pfarrer Stark auch schon zum Einzug, Michael griff routiniert in die Tasten und spielte virtuos auf den Pedalen. Ich beschloss, den Gottesdienst auf der Empore zu verfolgen und mir den Ersatzorganisten näher anzusehen.

Woher konnte der Bursche so gut Orgel spielen? Soweit ich wusste, studierte er in Weihenstephan Lebensmitteltechnologie, das hat mit Musik nun wirklich nichts zu tun.

Ich stellte mich an die Brüstung und blickte auf die Gläubigen hinunter. Die Messe war so gut besucht wie sonst nur zu Ostern oder an Weihnachten. In einer Stadt von der Größe Freisings braucht man eben nicht erst die Zeitung abzuwarten, um die wichtigsten Neuigkeiten zu erfahren. Herr Pfarrer Stark schilderte in einer kurzen, aber bewegenden Ansprache das schreckliche Ereignis, dass sich gestern Abend im Gotteshaus zugetragen hatte. Er rief die Gläubigen auf, für Herrn Feldberg zu beten, und erwähnte abschließend, dass sich ein Schüler von Herrn Feldberg dazu bereit erklärt hatte, die Orgeldienste vorübergehend zu übernehmen. Daraufhin drehte sich die gesamte Gemeinde um und starrte zur Orgelempore hoch, auf der ich in voller Breite an der Brüstung stand. Reflexartig sprang ich einen Satz zurück und warf dabei den Stuhl um, der direkt hinter mir stand. Na bravo, dachte ich, jetzt fragen sich natürlich alle, was die neugierige Maja Kuckuck schon wieder dort oben zu schaffen hat. Ich stellte den Stuhl auf und rutschte ihn einen Meter weiter zurück, bevor ich mich setzte.

Pfarrer Stark war wieder bei der normalen Liturgie angekommen. Ich beobachtete Michael an der Orgel. Er saß wie festgewachsen auf der Bank und starrte in die Noten, die Herr Feldberg zuletzt gespielt hatte. Dann senkte er den Kopf und stützte ihn auf die Handfläche, als ob er ein kleines Nickerchen einlegen wollte. Ich wusste nicht, ob ich den Kerl mochte oder nicht, irgendwie war er merkwürdig. Nachdem Pfarrer Stark den Schlusssegen erteilt hatte, fing Michael an, über das Lied »Wir sind nur Gast auf Erden« zu improvisieren. Begabt ist er, dachte ich, das muss man ihm lassen. Als er fertig war, ging ich zu ihm an die Orgel.

»Woher können Sie so gut Orgel spielen?«, wollte ich wissen.

»Ich spiele schon sehr lange, außerdem hatte ich drei Jahre lang Unterricht bei Herrn Buchbinder.«

»Und anschließend bei Herrn Feldberg«, kam ich direkt zum Thema, das mich interessierte.

»Ja, aber nur dreimal«, sagte Michael in sonderbarem Ton.

»War er kein guter Lehrer?«, bohrte ich nach.

»Doch, aber er hat mich rausgeschmissen.«

»Wie bitte?«

»Ich hatte kein Geld mehr und konnte die letzte Stunde nicht bezahlen.«

»Und dann hat er Sie gleich rausgeschmissen?«

»Ja«, sagte Michael kurz.

»Was hat er denn für eine Unterrichtsstunde verlangt?«

»Vierzig Euro.«

»Das ist viel Geld für einen Studenten«, gab ich zu. »Und was hat Herr Buchbinder verlangt?«

»Gar nichts. Er wusste, dass ich für mein Studium selbst aufkommen muss, deshalb wollte er kein Geld von mir nehmen.«

»Ach, unser Herr Buchbinder«, begann ich wehmütig zu seufzen, »so ein lieber Mensch und so ein exzellenter Musiker! Kein Wunder, dass man ihm die bessere Stelle angeboten hat! So einen bekommen wir nie wieder!«

»Frau Kuckuck, darf ich fragen, was Sie schon wieder hier oben zu tun haben?«, ertönte Kommissar Scheffels Stimme auf einmal hinter uns. Ruth stand mit neugierigem Blick an seiner Seite.

»Ich habe Sie gar nicht kommen hören, Herr Kommissar.«

»Ja, weil Sie sich so intensiv mit dem Organisten unterhalten haben.«

»Darf ich vorstellen, das ist Michael Renner«, entgegnete ich unbeeindruckt vom strengen Ton des Kommissars. »Michael arbeitet bei mir in der Weinstube, daher kennen wir uns. Ich konnte doch den Jungen hier oben nicht alleine lassen, nach dem, was gestern passiert ist.«

»So ist das. Jetzt darf ich Sie aber trotzdem bitten, die Orgelempore zu verlassen und mit Ruth nach unten zu gehen. Ich habe ein paar Fragen an Herrn Renner, und zwar unter vier Augen!«

»Natürlich, Herr Kommissar«, sagte ich verständnisvoll und stieg mit Ruth die Wendeltreppe hinunter.

»Also Maja, das muss ja furchtbar gewesen sein gestern Abend! Ich glaube, ich wäre vor Angst gestorben!«

»Bin ich auch fast«, sagte ich ehrlich. Ruth war eine der

wenigen Personen aus dem Chor, die nicht mehr in die Weinstube gekommen waren. Wahrscheinlich hatte sie niemand benachrichtigt, weil natürlich jeder annahm, dass sie durch ihren Mann ohnehin schon von dem Mord wusste.

Wir traten hinaus vor die Kirchentür und wurden dort von mindestens dreißig Leuten erwartet, die nicht im Chor sangen.

»Frau Kuckuck, erzählen Sie doch mal, wie das gestern war!«, rief mir ein Stammgast entgegen, während die anderen zustimmend nickten.

Ich gab bereitwillig Auskunft und stellte fest, dass ein blasser Mann mit Brille alles mitschrieb, was ich sagte. Wahrscheinlich war er von der Zeitung, mutmaßte ich und sprach möglichst deutlich in seine Richtung.

Warum hatte er keine Kamera dabei? Man sollte meinen, dass sich die Zeitung um ein Foto von mir reißen müsste, schließlich spielte ich keine unbedeutende Rolle in diesem Fall! Etwas irritiert über den fehlenden Fotografen ließ ich mich trotzdem noch einige Zeit als Heldin feiern und ging schließlich zufrieden nach Hause.

Bevor ich in die Weinstube hinunterging, machte ich einen kurzen Abstecher in meine Wohnung über dem Lokal und zog mich um.

»Maja! Maja!«, hatte eine männliche Stimme in meiner Abwesenheit auf meinen Anrufbeantworter gebrüllt und wieder aufgelegt.

Was wollte denn mein Schwiegersohn Salvatore am Sonntagabend von mir? Offenbar hatte er wieder einmal Probleme mit meiner Tochter Viola und drückte sich davor, sie selbst zu lösen. Er scheint zu glauben, dass ihm eine Art Rückgaberecht für Viola zustünde, wenn sie nicht nach seinem Willen funktionierte. Deshalb ruft er bei Schwierigkeiten immer zuerst bei mir an, ich habe dann die ehrenvolle Aufgabe, meiner Tochter beizubringen, was sie in Zukunft zu tun und zu unterlassen hatte.

Viola ist mein einziges Kind, ich hatte die Schwangerschaft als Urlaubssouvenir von Sizilien mitgebracht. Über Violas Vater wusste ich alles Mögliche, zum Beispiel, dass er Giovanni hieß, dass er Kunstgeschichte studierte und dass er zwei Brüder hatte, dass er einen roten Fiat fuhr und dass er gerne Spaghetti alle Vongole aß. Das, was ich nicht wusste, waren sein Nachname und seine Adresse. So habe ich Viola mit Hilfe meiner damals noch rüstigen Eltern alleine großgezogen, ich finde, es ist ein prächtiger Mensch aus ihr geworden. Inzwischen ist Viola dreiunddreißig, vor sieben Jahren hat sie mich zur Oma von Zwillingen gemacht.

Leider lebt meine Tochter mit ihrer Familie in Verona, ihr Mann ist nämlich auch Italiener. Sie hatte ihn im Urlaub kennen gelernt, aber sie kam mit vollständigem Namen und Adresse des Auserwählten nach Hause. Salvatore ist Gynäkologe, er hat eine gut gehende Praxis in der Innenstadt. Ich rief ihn zurück.

»Pronto?«, dröhnte es ungeduldig aus dem Hörer.

»Hier ist Maja«, begann ich zu sprechen, wurde jedoch sofort wieder unterbrochen.

»Wo steckst du, habe ich dich schon dreimal angerufen! Gleich kommt deine Tochter mit deine Enkelkinder aus die Kirche, und ich muss etwas besprechen mit dir!«

»Wo brennt's denn schon wieder, Salvatore«, stöhnte ich genervt und stellte mich auf längere Ausführungen ein.

»Deine Tochter ist komplett verrückt geworden! Sie sagt, dass ihr ist langweilig, wenn die Kinder sind in die Schule, und sie sagt, dass sie will anfangen zu arbeiten! Stell dich vor, was werden sagen die Leute, dass Salvatore nicht kann ernähren seine Frau und seine Kinder? In meine ganze Familie noch nie eine Frau hat gearbeitet, wir haben nie nötig gehabt, verstehst du? Außerdem sie hat Arbeit zu Hause. Wer soll aufräumen die Haus und wer soll kochen die Essen, wenn sie ist nicht da? Wer soll einkaufen und wer soll die Haus putzen?«

»Ihr könnt doch eine Putzfrau einstellen«, wagte ich einen kurzen Einwurf.

»Bist du wahnsinnig, bin ich vielleicht Millionär oder was!«

»Aber Viola verdient dann doch etwas dazu!«

»Maja, du verstehst mich nicht. Es nicht geht um Geld, es geht um Tradition und um was sich nicht gehört. Wir sind immer gewesen eine anständige Familie!«

»Dann bin ich also in deinen Augen unanständig!«

»Aber nein, Maja, du musst arbeiten, weil du hast keine Mann gekriegt. Aber Viola hat eine Mann, Viola braucht nicht arbeiten!«

»Also gut, Salvatore, ich werde mit ihr sprechen«, versuchte ich, das Gespräch zu beenden.

Meine Tochter hatte bis zu ihrer Heirat Germanistik studiert. Sie arbeitete ohne Wissen ihres Mannes seit einem halben Jahr als Deutschlehrerin an einer privaten Sprachschule. Ich hatte ihr geraten, vorsichtig zu testen, wie Salvatore zu der Sache stehen würde. Offenbar war sie wieder einmal mit der Tür ins Haus gefallen.

Ich ging hinunter in die Weinstube und begrüßte Andreas.

»Na, Maja, hast du dich wieder beruhigt nach dem ganzen Drama?«, begrüßte er mich.

»Wie soll man sich beruhigen, wenn man weiß, dass ein Mörder frei in unserer Stadt herumläuft«, gab ich zur Antwort. »Hast du übrigens gewusst, dass Michael hervorragend Orgel spielen kann?«

»Nein, das habe ich nicht gewusst. Aber über den wollte ich sowieso noch mit dir sprechen. Der Kerl ist so langsam in der Küche, dass ich mir gestern ein paar Mal überlegt habe, ob es nicht schneller geht, wenn ich die Sachen nebenbei selber mache. Außerdem hat er tatsächlich die Frechheit besessen, gleich am zweiten Arbeitstag eine Viertelstunde zu spät zu kommen!«

»Was sagst du da, er ist gestern erst um Viertel nach acht gekommen?«

Der Gedanke, der mir durch den Kopf schoss, erschreckte mich selbst. Könnte Michael der Mörder von Herrn Feldberg sein? Nein, das ist doch absurd. Und welchen Grund sollte er gehabt haben, Herrn Feldberg umzubringen? Nur weil er ihn aus dem Orgelunterricht rausgeschmissen hat? Nein, das reicht doch nicht aus, um jemandem gleich ein Messer in den Rücken zu rammen.

»Wir behalten ihn trotzdem noch ein bisschen, vielleicht macht er sich ja noch«, meinte ich zu Andreas und nahm mir vor, den Burschen genauer unter die Lupe zu nehmen.

Da ging die Küchentür einen Spalt auf, Michael streckte den Kopf heraus.

»Ich kann den Pfeffer nicht finden«, rief er in Andreas' Richtung.

»Ich komme gleich«, antwortete ich an dessen Stelle. »Warum sind Sie eigentlich gestern zu spät gekommen?«

Michael warf Andreas einen unfreundlichen Blick zu, weil dieser gepetzt hatte.

»Meine Uhr ist stehen geblieben, aber es wird nicht wieder vorkommen«, brachte er als Entschuldigung hervor.

Ich nahm die Sache kommentarlos zur Kenntnis und zeigte ihm den Pfeffer, dann begrüßte ich einige Gäste. An allen Tischen gab es nach wie vor nur ein Thema: den Mord an Herrn Feldberg. Michael stellte sich an den Tresen und polierte Gläser, da im Moment niemand etwas zu Essen bestellt hatte. Er blickte gelangweilt umher, aber ich konnte genau erkennen, wie er versuchte, möglichst viel mitzuhören von dem, was da gesprochen wurde. Mit Josef, unserem anderen Stundenten im Service, hatte er so gut wie keinen Kontakt. Komisch, normalerweise flachsen die Studenten untereinander immer herum, wenn gerade wenig los ist, aber dafür war Michael anscheinend zu ernst.

Da betrat meine Freundin Lilli die Weinstube.

»Maja, ich habe nicht viel Zeit, aber ich muss dir unbedingt etwas erzählen«, hechelte sie aufgeregt und setzte sich an einen freien Tisch.

»Stell dir vor, was mir Robert heute erzählt hat!«

Lillis Mann Robert war Lehrer am Camerloher Gymnasium und brachte zuweilen interessanten Tratsch aus dem Lehrerzimmer mit nach Hause. »Berthold und Gabi haben sich getrennt! Er ist aus der gemeinsamen Wohnung ausgezogen und hat bei einem Lehrerkollegen vorübergehend Unterschlupf gefunden. Und jetzt kommt's! Angeblich hat Berthold Gabi verlassen, weil er nicht wollte, dass sie weiter bei Herrn Feldberg im Kirchenchor singt!«

»Wirklich? Das ist ja interessant. Gabi singt doch seit fünf Jahren bei uns im Chor, was hatte er denn auf einmal dagegen?«

»Das möchte ich auch wissen! Aber ich bleibe dran an der Sache.«

»Mach das, Lilli, und melde dich gleich, wenn du etwas herausgefunden hast!«

»Natürlich, Maja. Jetzt muss ich aber wieder nach Hause, unser Kleiner ist schwer erkältet und gar nicht gut drauf. Gott sei Dank wohnen wir um die Ecke! Man traut sich ja nachts kaum mehr auf die Straße, wo doch der Mörder hier irgendwo herumläuft.«

Gabi unterrichtet Musik am Camerloher Gymnasium, Berthold Mathematik. Sie sind zwar schon einige Jahre verheiratet, haben aber keine Kinder. Das Dumme war, dass ich Gabi jetzt wahrscheinlich längere Zeit nicht sehen würde, da im Moment natürlich keine Chorproben stattfanden. Warum sollte man eigentlich nicht statt der Chorproben einen wöchentlichen Chorstammtisch ins Leben rufen, damit wenigstens der gesellschaftliche Aspekt nicht ganz verloren ging? Ich fand, das war eine hervorragende Idee. Sofort begann ich damit, ein paar Leute anzurufen.

Nachdem ich gerade mit unserem Chorsprecher Ullrich telefoniert hatte, kam Andreas genervt auf mich zu und sagte: »Der Herr Organist bastelt jetzt schon seit zwanzig Minuten an drei Obatzten herum. Kannst du mal nachschauen, was der da treibt?«

Ich ging in die Küche, um zu sehen, was es für Probleme gab. Die angemachte Käsecreme stand fertig in einer großen Schüssel parat, man musste sie nur noch portionieren.

Michael saß mit einem scharfen Messer am Tisch und schnitzte gerade kunstvolle Rosen aus kleinen Radieschen.

Er hatte aus dem Obatzten drei putzige Igel geformt und Stacheln aus Salzstangen hineingesteckt. Außen herum lagen gleichmäßig verteilt lauter gleichgroße Zwiebelringe, die er in einem Kreis angeordnet hatte, als hätte er einen Zirkel dafür verwendet. Ich war gerührt! Dieser Junge war eben ein Künstler! Nein, der konnte Herrn Feldberg nicht umgebracht haben, ich beschloss, ihn von nun an zu mögen.

4

Am nächsten Morgen weckte mich das Telefon.

»Ich bin's, Mama, hast du noch geschlafen?«

»Ja, aber macht nichts, es wird sowieso Zeit, dass ich aufstehe. Wie geht es dir, mein Kind?«

»Meine Putzfrau ist krank, aber sonst ist alles okay. Salvatore hat gesagt, ich soll dich anrufen!«

»Ach, der hat sich gestern bei mir beschwert, dass du arbeiten gehen möchtest. Der arme Kerl ist völlig überfordert mit dem Thema, am besten lässt du die Sache wieder ein paar Monate ruhen und versuchst es dann noch mal. Und sonst, alles in Ordnung mit den Kindern?«

»Tutto va bene! Was gibt's denn Neues aus Freising?«

»Eine ganze Menge«, begann ich und erzählte Viola, was sich in den letzen Tagen zugetragen hatte.

»Mama, misch dich bitte nicht wieder in Dinge ein, für die du nicht zuständig bist! Die Polizei wird den Mord schon aufklären, also steck deine Nase nicht in Angelegenheiten, die für dich gefährlich werden könnten, hast du mich verstanden?«

Ich beruhigte Viola und sagte ihr, dass ich schon wisse, was ich täte.

Nach dem Gespräch stand ich auf und holte die Zeitung aus dem Briefkasten. Gleich auf der ersten Seite des Regionalteils stand in großen Lettern: MORD IN DER KIRCHE. Darunter war nebst Foto von Herrn Feldberg ein Artikel, den ich sofort verschlang.

Stinksauer legte ich das Freisinger Tagblatt beiseite und suchte eine Telefonnummer heraus, um mich zu beschweren. In dem Artikel wurde ich nicht einmal namentlich erwähnt! Der Schreiberling, der mit dem Kürzel »da« unterzeichnet hatte, berichtete von einer Chorsängerin, die zum Vorsingen bestellt worden war und den seligen Herrn Feldberg mit einem Messer im Rücken auffand. Die ganze Stadt weiß, dass ich, Maja Kuckuck, Herrn Feldberg gefunden habe. Warum kommt das dann nicht in die Zeitung?

Ich wählte die Nummer der Zeitungsredaktion.

»Freisinger Tagblatt?«, meldete sich eine weibliche Stimme.

»Kuckuck, wer ist ›da‹?«, fragte ich zurück.

»Sie wollen mich wohl vergackeiern!«, rief die Stimme und legte wieder auf.

Unverschämtheit! Ich beschloss, erst einmal zu frühstücken und anschließend die Sache in Ruhe anzugehen.

Nachdem ich schließlich doch noch herausgefunden hatte, wer »da« ist, versuchte ich den ganzen Vormittag, Herrn Dieter Ammer zu erreichen, aber der Herr Journalist war für mich nicht zu sprechen. Das werde ich mir merken, der bekommt von mir keine Informationen mehr!

Meine Neugier über die Hintergründe von Herrn Feldbergs Tod ließ mir keine Ruhe. Da hatte ich eine Idee: Wenn irgendjemand in unserer Stadt Näheres über Herrn Feldberg wissen musste, dann war es der Pfarrer, schließlich hatte er ihn eingestellt. Ich beschloss, ihm einen Besuch abzustatten. Es war kein Geheimnis, dass Herr Pfarrer Stark ein großer Weinkenner war, also ging ich in den Weinkeller und überlegte, womit ich seinen Geschmack treffen könnte. Ich entschied mich für einen 96er Brunello di Montalcino und machte mich auf den Weg zum Pfarrhaus.

Die Haushälterin Liesbeth öffnete die Tür.

»Grüß Gott, Frau Kuckuck, kommen Sie doch herein!«, rief sie erfreut. Liesbeth ist kugelrund, es ist allgemein bekannt, dass sie eine hervorragende Köchin ist. Dem Pfarrer schmeckt ihre Küche offensichtlich auch, denn er ist ebenfalls wohlbeleibt.

»Wollen Sie mit uns zu Mittag essen, es gibt Sauerbraten und Semmelknödel!«

»Oh, das ist mir jetzt aber unangenehm, ich wollte mich nicht bei Ihnen zum Essen einladen, sondern nur mit dem Herrn Pfarrer sprechen!«

»Ach was, wenn Sie schon da sind, können Sie auch gleich hier bleiben und etwas probieren. Beim Essen spricht es sich sowieso leichter«, meinte Liesbeth und schob mich in das Esszimmer. Natürlich lag ihr nicht nur daran, dass ich ihren köstlich duftenden Sauerbraten probierte, sondern auch daran, dass sie beim Essen mithören konnte, was ich mit dem Pfarrer zu besprechen hatte.

Da betrat Pfarrer Stark auch schon das Zimmer und begrüßte mich herzlich. »Na so eine Überraschung, Frau Kuckuck!«

»Ich muss mich entschuldigen, dass ich hier einfach so hereinplatze, aber ich wollte mit Ihnen noch einmal über die unselige Geschichte von Samstagabend sprechen. Sie wissen doch, ich habe Herrn Feldberg gefunden, deshalb beschäftigt mich die Sache so sehr.«

»Oh, was für eine schreckliche Geschichte! Ein Mord in unserem Gotteshaus! Ein Mord an einem unschuldigen Mitarbeiter der Kirche! Ein Mord in unserer Gemeinde! Aber die Wege des Herrn sind unergründlich!«

»Ja, Herr Pfarrer, das sind sie«, unterbrach ich ihn, bevor er mir zu dienstlich wurde und mir eine private Predigt zukommen ließ.

Liesbeth legte ein weiteres Gedeck für mich auf, der Pfarrer bat mich, Platz zu nehmen.

»Ob er wenigstens seine leckeren Pralinen noch essen konnte, bevor ihn der Herr zu sich geholt hat?«, sinnierte Liesbeth laut vor sich hin, während sie meine Serviette faltete.

»Welche Pralinen?«, schreckte ich auf.

»Na die Schachtel, die er am Samstagmorgen in der Confiserie Mittermeier gekauft hat! Ich stand direkt daneben. Wissen Sie, der Herr Pfarrer legt bei Pralinen großen Wert auf ...«

»Aber Liesbeth, das interessiert doch Frau Kuckuck nicht«, wurde sie vom Pfarrer vehement unterbrochen. Seine Schwäche für Süßes war ihm offenbar peinlich.

»Aber den Herrn Kommissar hat es auch interessiert«, verteidigte sich Liesbeth.

»Der Kommissar hat sich lediglich dafür interessiert, wann Sie Herrn Feldberg zuletzt gesehen haben, Liesbeth. Es wäre nicht nötig gewesen, ihm alle meine Lieblingssorten aufzuzählen und ihm den Preis von Herrn Feldbergs Pralinenschachtel zu nennen!«

Mir lief es heiß und kalt den Rücken hinunter. Was ist, wenn die Polizei die Pralinenschachtel in Herrn Feldbergs Wohnung gesucht, aber nicht gefunden hatte? Ob der Kommissar von Herrn Feldbergs Masche wusste, seine Chorsänger mit einer Schachtel Pralinen zu entlassen? Ich musste diese verdammte Schachtel unbedingt sofort entsorgen, wenn ich wieder zu Hause war.

»Oh, fast hätte ich es vergessen, das ist für Sie«, sagte ich und überreichte dem Pfarrer den Brunello.

»Aber Frau Kuckuck, das kann ich doch nicht annehmen, ein 96er Brunello, ich habe doch gar nicht Geburtstag!«

»Lassen Sie mich Ihnen doch eine Freude machen, Sie haben's doch auch nicht leicht in diesen Tagen.«

»Wie wahr, wie wahr. Aber da gehe ich jetzt doch gleich in meinen Weinkeller und hole uns auch einen guten Tropfen zum Essen«, sprach er und verschwand mit einem spitzbübischen Lächeln auf dem Gesicht.

»Oh, ein 96er Brunello!«, rief Liesbeth beeindruckt, als sie die Flasche auf dem Tisch stehen sah. Sie teilte offenbar auch in dieser Hinsicht den Geschmack des Pfarrers.

Liesbeth begann aufzutischen, mir lief das Wasser im Mund zusammen beim Anblick des wunderbar duftenden Mahles.

»Ich bin gespannt, was Sie sagen«, meinte der Pfarrer gut gelaunt, entkorkte die Flasche und goss den Rotwein in die drei großen Gläser.

»Er ist ein bisschen zu kalt, wir müssen ihn noch ein Weilchen stehen lassen«, stellte er fest und wünschte einen guten Appetit.

Das Fleisch des Sauerbratens war wunderbar zart, die Soße einfach ein Gedicht! Wenn ich das jeden Tag hätte, würde ich auch auf meine Figur pfeifen!

»Ich glaube, jetzt ist er so weit«, sagte der Pfarrer und hob sein Glas.

Ich roch an dem Wein und nahm einen großen Schluck.

»Na, was sagen Sie?«

»Sehr schön, kräftig und vollmundig«, fand ich und wollte nun endlich wissen, was der Pfarrer da aufgetischt hatte.

»Da kommen Sie nie drauf, der ist aus Chile, ein San Simon«, freute sich der Pfarrer diebisch, dass ich den Wein nicht erkannt hatte.

Wir aßen weiter, ich fragte mich, ob die beiden den Riesenbraten und die sechs Semmelknödel ohne mich wohl alleine aufgegessen hätten.

Als wir mit dem Essen fertig waren, bat mich der Pfarrer ins Wohnzimmer. Liesbeth schien das überhaupt nicht zu passen, sie meinte, wir sollten doch hier bleiben, sie räume auch ganz leise ab, und im Wohnzimmer wäre auch gar nicht richtig geheizt. Der Pfarrer ließ sich nicht beirren und dirigierte mich in das warme Wohnzimmer. Er holte zwei neue Weingläser und goss uns noch etwas vom San Simon ein.

»Ja, ja, der arme Herr Feldberg«, fing er an, »Gott sei Dank lässt er weder Frau noch Kinder zurück.«

»Herr Pfarrer, das Wichtigste ist, dass der Mörder bald gefasst wird! Solange der nicht hinter Schloss und Riegel sitzt, bekommen wir nie einen neuen Kirchenmusiker. Wer möchte denn die Stelle haben, wenn hier ein Verrückter frei herumläuft, der Organisten ersticht!«

»Sie haben Recht, Frau Kuckuck, wir müssen der Polizei helfen, wo wir nur können. Leider ist die hiesige Polizei nicht die schnellste.«

»Was meinen Sie damit, Herr Pfarrer?«

»Ach, vor drei Jahren wurde aus unserer Kirche ein heiliger Antonius gestohlen, vor zwei Wochen ist plötzlich ein Sebastian aus dem dreizehnten Jahrhundert verschwunden. Die Polizei ist bis heute nicht einen Schritt weiter gekommen, nicht einmal im Fall des heiligen Antonius!«

»Was Sie nicht sagen! Aber wer klaut denn Heilige?«

»Skrupellose Kunstliebhaber, die vor nichts zurückschrecken. Die Diebstähle in unseren Gotteshäusern sind in den letzten Jahren dramatisch angestiegen, viele meiner Kollegen öffnen die Kirchen aus Angst nur noch für den Gottesdienst. Dagegen habe ich mich immer gewehrt, das Haus Gottes soll offen sein für alle, die zum Herrn kommen wollen. Aber wenn das so weitergeht, werde auch ich mich bald gezwungen sehen, die Kirche außerhalb der Messen zu schließen.«

»Von wann bis wann ist die Kirche denn normalerweise geöffnet?«

»Normalerweise von halb neun bis zwölf Uhr mittags und dann ab zwei Uhr bis halb sechs, Samstag und Sonntag bis zwanzig Uhr. Am letzten Samstag habe ich übrigens Herrn Feldberg gebeten, die Kirche nach der Messe abzuschließen. Ich war zu einem Essen mit unserem Weihbischof eingeladen, ich wollte mich nicht verspäten.«

»Hatte Herr Feldberg denn auch einen Schlüssel für die Kirche?«

»Natürlich, der Kirchenmusiker hat immer einen Schlüssel. Herr Feldberg kam wie auch Herr Buchbinder oft noch am Abend in die Kirche, um Orgel zu üben.«

»Jetzt hat der Wein genau die richtige Temperatur«, wich ich vorübergehend vom Thema ab, um das Gespräch etwas aufzulockern. »O ja, jetzt ist er richtig! Die Franzosen und die Italiener bekommen langsam Konkurrenz, was meinen Sie?«

»Konkurrenz belebt das Geschäft.«

Der Pfarrer schenkte uns nach, ich merkte, wie sich seine Zunge langsam löste.

»Wie sind Sie denn überhaupt auf Herrn Feldberg als Nachfolger für Herrn Buchbinder gekommen?«

Er zögerte etwas und sagte dann: »Er wurde mir sozusagen von meinem sehr geschätzten Freund und Kollegen Pfarrer Altmann empfohlen. Herr Feldberg war vorher Kirchenmusiker in seiner Gemeinde.«

»Warum wollte er ihn dann loswerden, wenn er so gut war?«, fragte ich neugierig.

»Nun ja, es gab da so einen Vorfall.«

»Was denn für einen Vorfall?«

»Frau Kuckuck, Sie horchen mich ja aus wie ein Kriminalbeamter!«

»Aber Herr Pfarrer, wir waren uns doch einig, dass wir den langsamen Herren von der Polizei etwas unter die Arme greifen müssen.«

»Ach so, ja, ja. Also Herr Feldberg hatte wohl einer ehrgeizigen und gut betuchten Sopranistin ein unmögliches Geschäft vorgeschlagen. Er versprach ihr, sie dürfe das nächste Solo singen, wenn sie ihm dafür tausend Euro gäbe.«

»Wie bitte?«

»Ja, das soll er ihr tatsächlich angeboten haben. Diese Sopranistin fühlte sich jedoch zutiefst gekränkt und erzählte die Sache überall herum. Daraufhin war Herr Feldberg sowohl beim Chor als auch bei der gesamten Gemeinde unten durch, die Sache war nicht mehr geradezubiegen, obwohl er versprochen hatte, dass so etwas nicht mehr vorkommen würde.«

»Hat er gesagt, wofür er das Geld gebraucht hatte? Der Mann war doch allein stehend und hat bestimmt nicht schlecht verdient!«

»Er sagte, er spare auf ein großes Konzert mit Orchester und professionellen Solisten, das den finanziellen Rahmen seines Etats sprenge.«

Dieser Feldberg wurde immer rätselhafter. Warum hatte er nicht einfach die Karten auf den Tisch gelegt und offiziell für das Konzert gesammelt? Wieso nötigte er eine Sopranistin dazu, ihm heimlich Geld zu geben?

Vielleicht hatte er ja tatsächlich die Mafia im Rücken! Nein, das wäre doch etwas weit hergeholt.

Ich verabschiedete mich von Pfarrer Stark und bedankte mich noch einmal für die vorzügliche Bewirtung. Liesbeth war verschwunden, offenbar war sie beleidigt.

Am Spätnachmittag legte ich mich auf die Couch und nickte ein. Als ich wieder aufwachte, war es bereits zehn Minuten nach acht Uhr. Der San Simon vom Pfarrer hatte es in der Tat in sich. Im Eiltempo machte ich mich für die Weinstube zurecht und ging hinunter. Zu meiner Freude stellte ich fest, dass fast alle Tische besetzt waren, was für Montagabend eher ungewöhnlich war. Ich begrüßte einige Gäste und ging dann zu Andreas hinter den Tresen.

»Maja, dahinten in der Ecke sitzt so ein komischer Typ, der seit einer halben Stunde auf dich wartet.«

Ich drehte mich um und sah einen Mann, den ich irgendwo schon einmal gesehen hatte, ich wusste ihn jedoch nicht einzuordnen. Er saß am Tisch vor einer kleinen Karaffe Weißwein und starrte mich an. War das nicht der Mann, der gestern nach der Messe vor der Kirche gestanden und alles notiert hatte, was ich zum Besten gab, und von dem ich annahm, er sei von der Zeitung?

»Guten Abend, Sie wollten mich sprechen?«, fragte ich ihn direkt.

Er stand auf und gab mir die Hand.

»Guten Abend Frau Kuckuck, mein Name ist Ammer. Man hat mir ausgerichtet, dass Sie mit mir sprechen wollten, und darum dachte ich, ich komme noch vorbei.«

»Ah, Sie sind das.« Ich war überrascht und setzte mich zu ihm an den Tisch. Der kam mir gerade recht, jetzt konnte ich ihm meine Meinung über den Artikel gleich ins Gesicht sagen.

»In der Tat, ich habe heute mehrmals versucht, Sie zu erreichen, aber man stellte mich nicht durch. Ich wollte mich über den Artikel beschweren, den Sie über den Tod von Herrn Feldberg geschrieben haben.«

»So, warum denn?«

»Er ist unvollständig. Warum haben Sie nicht geschrieben, dass ich den Toten gefunden habe? Und warum haben Sie nicht einmal geschrieben, dass ich mit dem Mörder in der Kirche zusammengestoßen bin? Sie haben doch alles gehört und notiert, was ich gestern vor der Kirche erzählt habe!«

»Dass ich Ihren Namen und diese Geschichte mit dem Zusammenstoß nicht erwähnt habe, war doch nur zu Ihrem

Schutz, Frau Kuckuck. Stellen Sie sich vor, der Mörder liest die Zeitung und erfährt durch den Artikel Ihren Namen und noch dazu die Tatsache, dass Sie nicht ganz sicher sind, ob Sie ihn kennen oder nicht. Das wäre doch sehr gefährlich für Sie!«

»Ach so«, dachte ich laut nach, »da ist was dran.«

»Können Sie sich denn inzwischen besser an den Mann erinnern?«

»Nein, kann ich nicht. Das Ganze ging viel zu schnell, es war auch nur ein schwacher Lichtschein, der auf sein Gesicht gefallen ist.«

»Wenn Ihnen noch etwas zu der Sache einfällt, sollten Sie mich in jedem Fall informieren. Wer weiß, vielleicht kann ich doch noch einen Artikel daraus machen, in dem Sie großzügiger berücksichtigt werden.«

»In Ordnung, Herr Ammer«, sagte ich und verabschiedete mich von ihm. Der will mich ja doch nur als Informantin ausnützen, dachte ich sofort, und hinterher erzählt er mir dann wieder, dass er mich aus Sicherheitsgründen nicht erwähnen durfte. Aber den habe ich durchschaut, dem werde ich kein Wort mehr erzählen! Ich schenkte mir ein Glas Chianti Rufina ein und setzte mich zu einigen Stammgästen an den Tisch.

5

Am nächsten Tag stand nur noch ein kleiner Artikel über den Mord an Herrn Feldberg in der Zeitung, dessen Inhalt sich darauf beschränkte, dass die Polizei in diesem tragischen Fall noch völlig im Dunkeln tappte. Der Artikel war nicht mit »da« sondern mit »hw« unterzeichnet. Ich überflog ein paar Seiten und blieb bei einem Artikel über eine Vernissage im Atrium der Sparkasse hängen. Die Ausstellung war bereits am Freitag eröffnet worden, heute stand ein Bericht mit detaillierten und fachkundigen Beschreibungen der Bilder im Kulturteil. Der Artikel stammte von Dieter Ammer. Sehr interessant, dachte ich, dieser Ammer war also ein Kunstexperte. Merkwürdig, dass der auch in Mordfällen recherchierte! Ich sah auf die Uhr und bemerkte, dass ich sehr spät dran war. In einer Stunde hatte ich einen Termin mit Herrn Kofer, einem Weinvertreter, und ich musste mir vorher noch einen groben Überblick über den Bestand bestimmter Weinsorten machen. Ich belegte ein großes Vollkornbrot dick mit Schinken und verzehrte es pflichtbewusst, damit ich für die Weinprobe gewappnet war. Dieser Kofer ist ein ganz gerissener Verkäufer, bei dem man auf der Hut sein musste. Bei seinem letzten Besuch hatte er mir einen relativ preiswerten Barolo aufgeschwatzt, der einem am nächsten Tag fürchterliche Kopfschmerzen verursachte. So etwas durfte mir heute nicht noch einmal passieren, das ist geschäftsschädigend!

Zwei Stunden später und nachdem ich bereits einige Weißweine probiert hatte, versuchte dieser Kofer schon wieder, mir einen Sonderposten anzudrehen, und natürlich nur, weil ich so eine gute Kundin war.

»Für den Sancerre könnte ich Ihnen ein Spitzenangebot machen. Ich finde ihn sowieso viel interessanter und nuancenreicher als den Chablis, und das bei dem Preis! Ich würde an Ihrer Stelle zugreifen, so günstig kann ich Ihnen einen

Sancerre in der nächsten Zeit bestimmt nicht mehr anbieten!«

Ich war hin- und hergerissen und stellte die Entscheidung erst einmal zurück. Herr Kofer bot mir einen Vernaccia zum Probieren an. Der leichte Mandelduft stieg mir in die Nase, ich nahm ein paar Schlucke des trockenen Weißweins.

Da klopfte jemand an die verschlossene Tür der Weinstube.

»Wer kann denn das sein, einen Moment bitte«, entschuldigte ich mich bei Herrn Kofer. Ich öffnete die Tür und sah Herrn Ammer ohne Schirm im Regen stehen.

»Wollen Sie schon wieder zu mir? Wir öffnen erst um zwanzig Uhr.«

»Ich weiß, Frau Kuckuck, aber ich habe Licht gesehen, ich muss unbedingt noch mal mit Ihnen sprechen. Haben Sie etwas getrunken?«, fragte er doch glatt, nachdem ihm der Wind eine leichte Alkoholfahne entgegengeweht hatte.

»Rein geschäftlich, Herr Ammer, rein geschäftlich. Wie Sie sehen, habe ich gerade Besuch von meinem Weinhändler, es geht jetzt wirklich nicht.«

»Und wenn ich so lange warte?«

»Sie können sich doch nicht im Regen vor die Tür stellen und warten! Ich weiß auch gar nicht, wie lange es noch dauert.«

»Es ist mir egal, ich warte.«

»In Gottes Namen, dann kommen Sie herein und setzen Sie sich irgendwo hin. Aber ich warne Sie, wir sind noch nicht einmal bei den Roten angekommen!«

Ich ließ ihn herein. Er setzte sich wieder an den gleichen Platz wie gestern und starrte auf den Boden. Ich stellte ihm ein Glas von dem preiswerten Sancerre auf den Tisch, um ihn später zu fragen, was er davon hielt. Dann widmete ich mich wieder Herrn Kofer.

»Also den Vernaccia nehme ich, der geht immer gut weg. Mehr Weißwein brauche ich im Moment nicht, aber an ein paar edlen Roten bin ich noch interessiert.«

»Da könnte ich Ihnen einen 98er Rubesco vom Weingut Lungarotti anbieten.«

»Nur zu«, sagte ich und drehte mich nach Herrn Ammer

um. Er schien mit seinen Gedanken weit weg zu sein und starrte ins Leere. Komischer Vogel, aber wenn er nichts Besseres zu tun hatte, als hier herumzusitzen, na bitte!

»Oh, da habe ich leider keine Flasche zum Probieren dabei«, stellte der ausgefuchste Kofer fest. Bei den edleren Tropfen wurde er knauserig.

»Ich nehme trotzdem fünf Kisten«, entschied ich. Herr Kofer kredenzte mir zum Dank einen Medoc. Der wuchtig-elegante Geschmack des tiefroten Weines und sein langer Abgang waren einfach ein Genuss, ich stellte mich unsicher, um Herrn Kofer noch ein Gläschen abzuluchsen.

»Fünf Kisten«, ordnete ich schließlich an und wartete gespannt darauf, ob er mir jetzt noch einmal einen Billig-Barolo andrehen wollte.

»Wie ist denn der Barolo vom letzten Mal angenommen worden?«, fragte er scheinheilig.

»Sie wissen doch ganz genau, dass der einen Brummschädel macht«, warf ich ihm direkt ins Gesicht und wartete auf seine Reaktion.

»Also das ist mir jetzt aber neu! Das tut mir Leid, wenn Sie mit der Qualität nicht zufrieden waren. Wie kann ich das denn wieder gutmachen? Möchten Sie vielleicht einen 92er Barolo Riserva zu einem Vorzugspreis dafür haben?«

»Darüber könnten wir reden, aber nur wenn Sie etwas zum Probieren dabei haben.«

Ich drehte mich erneut zu Herrn Ammer um und stellte fest, dass er das Glas Sancerre bereits geleert hatte. Ansonsten starrte er immer noch in gleicher Haltung vor sich hin. Ich bestellte noch ein paar Kisten Riserva zum Vorzugspreis und verabschiedete mich von Herrn Kofer.

Nachdem ich die Tür der Weinstube wieder abgeschlossen hatte, setzte ich mich zu Herrn Ammer an den Tisch.

»Was gibt es denn so Wichtiges, dass Sie hier ewig auf mich warten?«

»Frau Kuckuck, ich muss Sie noch einmal fragen, ob Sie nicht doch irgendeine Beschreibung zu dem Mann in der Kirche abgeben können, es ist sehr wichtig für mich.«

»Nein«, antwortete ich kurz und knapp, »und das hätte ich Ihnen auch schon vor einer halben Stunde sagen können, deswegen hätten Sie wirklich nicht so lange warten brauchen.«

Er sah mich durchdringend an. Was wollte er eigentlich von mir?

»Frau Kuckuck, ich muss Sie warnen. Es gibt mehr kriminelle Energie in dieser Stadt, als Sie annehmen.«

»Was soll das denn schon wieder heißen?«, fragte ich diesen merkwürdigen Typen, der offenbar nicht willens war, die Karten offen auf den Tisch zu legen.

Er starrte auf den Boden und schwieg.

»Ich habe neben dem Journalismus auch Kunstgeschichte studiert. Es gibt nicht sehr viele Leute in Freising, die wirklich etwas von Malerei oder bildender Kunst verstehen, deshalb werde ich von Kunstliebhabern gerne eingeladen, um mit ihnen über ihr Lieblingsthema zu plaudern.«

Er machte wieder eine längere Pause und fuhr dann fort: »Manchmal sehe ich Gegenstände in privaten Wohnhäusern, die ich am liebsten nie gesehen hätte. Verstehen Sie, es handelt sich um Dinge, bei denen ich sicher weiß, dass sie auf legalem Wege nicht zu bekommen sind.«

»Warum erzählen Sie mir das alles?«, wollte ich wissen.

»Haben Sie vom Diebstahl der Sebastianfigur aus der Kirche gehört?«

»Ja, hab ich. Wollen Sie mir vielleicht sagen, dass Sie wissen, wo die Figur ist?«

»Nein, das weiß ich nicht, aber ich weiß, wer solche Figuren sammelt und geradezu besessen ist, möglichst viele davon zu besitzen. Seit zwei Nächten kann ich nicht mehr schlafen, weil ich mich dauernd frage, ob zwischen dem Diebstahl der Sebastianfigur und dem Mord an Herrn Feldberg ein Zusammenhang besteht. Wenn das so wäre, Frau Kuckuck, es wäre einfach schrecklich!«

»Wer ist es denn, der solche Figuren sammelt?«, fragte ich neugierig.

»Das kann ich Ihnen nicht sagen, weil ich damit womöglich einen unschuldigen Menschen unter einen abscheulichen Verdacht stellen würde.«

»Also wenn Sie meine Meinung hören wollen, ich glaube nicht daran, dass zwischen den beiden Verbrechen ein Zusammenhang besteht. Schließlich wurde Herr Feldberg erst zwei Wochen nach dem Diebstahl der Heiligenfigur ermordet.«

»Das sage ich mir auch die ganze Zeit, und doch lässt mir die Sache keine Ruhe. Ich hätte mir gewünscht, dass Sie meinen schrecklichen Verdacht auf irgendeine Art und Weise entkräften könnten.«

»Ich verspreche Ihnen, dass ich mich melden werde, wenn mir zu dem Mann in der Kirche noch etwas einfallen sollte. Warum geben Sie der Polizei eigentlich nicht einen kleinen Tipp, was die gestohlenen Kunstschätze angeht?«

»Erstens habe ich keine Beweise, und zweitens habe ich Angst. Ich warne Sie noch einmal, Frau Kuckuck, passen Sie auf sich auf«, sagte er und sah mir dabei eindringlich in die Augen.

Dann stand er auf und ging.

Ich hatte mich etwas hingelegt, um für den Abend wieder fit zu sein. Während ich mir in meiner Wohnung einen Espresso zubereitete, dachte ich über das nach, was Herr Ammer heute Nachmittag gesagt hatte. Wollte er mir Angst machen? Ich konnte diesen Mann nicht einschätzen, er machte einen leicht verrückten Eindruck. Könnte es nicht sogar sein, dass er selbst der Mann war, mit dem ich in der Kirche zusammengestoßen war, und dass er jetzt nur testen wollte, wie gut ich mich an die dunkle Gestalt erinnern konnte? So gesehen war es ziemlich leichtsinnig von mir gewesen, mich alleine mit dem Kerl in der Weinstube einzusperren. Ich beschloss, in Zukunft vorsichtiger zu sein.

Die Weinstube war noch ziemlich leer, als ich nach unten kam. An einem der beiden besetzten Tische saß unser gefeuerter Tenor Hans Roiderer mit seiner Frau Heidi.

»Hallo, na das ist aber eine Überraschung!« Ich freute mich und setzte mich dazu. Die beiden sind Anfang sechzig und haben einen Sohn, der bald die familieneigene Möbelfabrik übernehmen wird. Soweit ich wusste, beschäftigt Hans über hundert Angestellte.

Nachdem wir noch einmal über den schrecklichen Tod von Herrn Feldberg gesprochen hatten, fing Hans an, herumzustammeln.

»Ähm, Maja, ich wollte dich etwas fragen. Ich habe gehört, dass am Freitag ein Chorstammtisch hier stattfinden soll, da dachte ich, ähm, ob ich nicht …«

»Er meint, er könnte doch jetzt wieder dazugehören, wo doch der Feldberg tot ist«, kam Heidi kurz und knapp auf den Punkt.

»Aber natürlich, Hans«, antwortete ich sofort, »das ist doch selbstverständlich! Hat dich Ullrich denn nicht angerufen?«

»Bis jetzt noch nicht.«

»Aber da gibt es doch gar keine Diskussion, du bist seit dreißig Jahren Chormitglied, aus, basta! Ich wüsste nicht, wer da etwas dagegen haben sollte.«

»Na siehst du«, meinte Heidi zufrieden, »was ich dir gesagt habe. Weißt du, Maja, für Hans war dieser Rausschmiss eine Katastrophe. Der Chor ist doch seit vielen Jahren ein Teil seines Lebens, er hat doch so viele Freunde dort. Er war fix und fertig nach der Sache.«

»Das kann ich gut verstehen, das ginge mir nicht anders«, erwiderte ich, und ich wusste sehr genau, wovon ich sprach.

»Man soll ja nicht schlecht über Tote sprechen«, fuhr Heidi fort, »aber dieser Feldberg hat den Bogen wirklich überspannt! Ich glaube, Hans, wir müssen Maja mal die ganze Geschichte erzählen.«

»Was ist denn noch passiert?«, fragte ich.

»Ja also, ich bin am Montagvormittag vor zwei Wochen zu Herrn Feldberg zum Vorsingen gegangen. Er sagte, dass meine Stimme eiere und dass man mich aus dem Tenor unschön heraushöre. Ich weiß selbst, dass sich in den letzten

Jahren ein Tremolo bei mir eingeschlichen hat, das mal mehr und mal weniger schlimm ist. Herr Buchbinder hat mir immer ein Zeichen gegeben, wenn ich mich zurückhalten sollte, und das hat gut funktioniert. Aber Herr Feldberg war leider nicht zur Zusammenarbeit bereit und meinte, er könne mich nicht brauchen.«

»Lass mich weiterzählen«, sprudelte es aus Heidi heraus. »Ich habe mir gedacht, dass wir uns das nicht bieten lassen müssen, also habe ich Herrn Feldberg am gleichen Abend angerufen und ihm klar gemacht, dass es in so einem Chor schließlich nicht nur ums Singen geht, sondern auch um das Gesellige und um die Gemeinschaft. Daraufhin hat er mir ein unglaubliches Angebot gemacht! Er sagte, wenn ich ihm fünftausend Euro gäbe, dürfe sich Hans wieder in den Chor reinstellen und Mundbewegungen machen! Stell dir das vor! Soll er sich vielleicht hinstellen wie ein Depp, und alle wissen, dass er gar nicht singt!«

»Ich fasse es nicht! Aber zu diesem Thema werde ich euch gleich noch eine ähnliche Geschichte erzählen, die mich stark an diese erinnert.« Ich berichtete über die Sache mit der Sopranistin, die für ihren Soloauftritt tausend Euro an Herrn Feldberg bezahlen sollte, damit er angeblich ein teures Konzert finanzieren konnte.

»Also, es ist ja schön und gut, dass er für ein großes Konzert gesammelt hat, aber das ist doch keine Art und Weise, wie man an Geld rankommt«, empörte sich Heidi erneut.

Das war auch meine Meinung, zumal diese Methode nicht gerade von Erfolg gekrönt war. Heidi und Hans beruhigten sich langsam wieder und bestellten noch eine Flasche Grünen Veltliner.

Die Weinstube war inzwischen gut gefüllt, da bemerkte ich auf einmal eine weitere Chorsängerin, die sich in einer Ecke verkrochen hatte. Mein geschulter Blick sagte mir selbst aus der Entfernung, dass das Mädel sturzbetrunken war.

Ich ging zu ihr hinüber und sprach sie an: »Sabine, was ist denn los? Du siehst ja furchtbar aus!«

Sabine fing an zu schluchzen und faselte irgendetwas von »schwul.«

»Wer ist schwul?«, fragte ich nach.

»Mein Chef!«

»Aber das weiß doch jeder«, sagte ich und verstand das Problem nicht. Sabine arbeitet als Sprechstundenhilfe bei meinem Zahnarzt, es ist ein offenes Geheimnis, dass Lothar Hausmann sich nur für Männer interessiert.

»Aber das ist doch nur deswegen, weil er die richtige Frau noch nicht gefunden hat! Ich weiß, dass ich die Richtige für ihn bin, aber er merkt es einfach nicht. Ich liebe ihn doch so«, schluchzte sie weiter.

»Oje, Kindchen«, versuchte ich sie zu trösten, »die halbe Menschheit besteht aus Männern, muss es denn unbedingt ein schwuler Zahnarzt sein?«

»Aber er ist doch so süß«, jammerte sie weiter, »Maja, du hast doch nächste Woche einen Termin, könntest du nicht …«

»Nein, Sabine, kann ich nicht!«, unterbrach ich sie. So weit kommt's noch, dass ich einem schwulen Mann die Reize einer Frau erklären sollte. Irgendwie tat sie mir Leid. Vor einem Jahr hatte sich Sabine hoffnungslos in unseren glücklich verheirateten Chorsprecher Ullrich verknallt und ihn zur Belustigung des ganzen Chores sogar während der Proben mit schmachtenden Blicken bedacht. Sie hatte ihm unzählige Liebesbriefe zukommen lassen, in denen sie schrieb, dass sie sicher sei, das Schicksal habe sie beide füreinander bestimmt. Von heute auf morgen hatte sie jedoch das Interesse an Ullrich verloren. Wahrscheinlich hatte ihr das Schicksal einen Wink gegeben, dass nun doch Doktor Hausmann der einzig Geeignete für sie war.

Ich konnte mir das Gewinsel um den langweiligen Doktor Hausmann jedenfalls nicht mehr länger anhören, also ging ich in die Küche.

»Michael, bitte machen Sie eine Brotzeitplatte für zwei Personen. Wenn Sie fertig sind, geben Sie mir Bescheid!«

Er war gerade damit beschäftigt, eine Schinkenplatte anzurichten. Die Schinkenscheiben waren so zusammengerollt und gelegt, dass eine Blume daraus entstanden war. Außen herum lagen kleine Krokodile, die er aus Essiggurken geschnitzt hatte. Ich war stolz auf ihn. Gerne nahm ich das Lob der Gäste entgegen, die sich an den liebevoll zurechtgemachten Kleinigkeiten freuten.

Wie so oft nach einer Weinprobe hatte ich auf einmal großen Durst, ich zapfte mir ein Pils, das ich mehr oder weniger heimlich trank. Es ist besser für das Geschäft, wenn die Chefin einer Weinstube Wein trinkt, aber manchmal brauche ich einfach etwas, das zischt!

Nachdem ich diverse Weinflaschen geöffnet und auch das zweite Pils unter dem Tresen geleert hatte, kam Michael, um mir zu sagen, dass er fertig sei. Ich zog ihn mitsamt Brotzeitplatte zu Sabine und wies ihn an, mit dem Mädchen zu essen und sich das Gejammer anzuhören, in der Zwischenzeit würde ich den Küchendienst übernehmen.

Zufrieden über meine gute Tat zapfte ich mir ein weiteres Pils, das ich genüsslich ohne Zuschauer in der Küche trank.

6

Am nächsten Tag hatte der Frühling seine Vorboten geschickt, die Sonne schien hell vom Himmel, es war außergewöhnlich warm für Ende Februar. Gut gelaunt ging ich morgens zur Bäckerei Muschler quer über die Straße und besorgte mir Croissants zum Frühstück.

Wieder zu Hause angekommen, öffnete ich den Briefkasten, um die Zeitung zu entnehmen. Neben der Zeitung fand ich einen Brief, der nicht frankiert war und auf dem lediglich »Frau Kuckuck« stand.

Offenbar wurde er persönlich eingeworfen. Er enthielt ein Schreiben von Dieter Ammer, worin er mich bat, im Laufe des Vormittags bei ihm zu Hause vorbeizukommen, da er mir etwas Wichtiges mitzuteilen habe. Dieser Ammer entwickelt sich langsam zur Landplage, dachte ich genervt, und ich beschloss, ihn anzurufen.

Nach dem Frühstück versuchte ich über die Auskunft seine Nummer zu erfragen, aber es gab keinen Eintrag unter diesem Namen. Im Zeitalter der Handys verzichteten wohl immer mehr Menschen auf einen Festnetzanschluss. Sollte ich diesem undurchsichtigen Typen tatsächlich einen Besuch abstatten? Und wenn dies eine Falle war und er die Absicht hatte, mich in seiner Wohnung um die Ecke zu bringen? Nein, das war doch eher unwahrscheinlich, schließlich würde die Polizei seinen Brief bei mir finden. Falls mir etwas zustoßen sollte, würde der Verdacht sofort auf ihn fallen, so blöd konnte er doch nicht sein. Da ich meine Neugierde nicht bekämpfen konnte, machte ich mich auf den Weg.

Herr Ammer wohnte in einer Wohnanlage Am Wörth. Ich entschloss mich, zu Fuß zu gehen und den herrlichen Tag zu genießen. Der wuchtige Domberg mit seinen hellen Gebäuden präsentierte sich stolz im gleißenden Sonnenlicht und wachte über die bunte Stadt zu seinen Füßen. In der Unteren und Oberen Hauptstraße waren die Angestellten der Boutiquen und Kaufhäuser damit beschäftigt, ihre Schaufenster mit den neuen Frühjahrskollektionen zu dekorieren, das ein oder andere Café wagte es tatsächlich, ein paar Stühle und Tische nach draußen zu stellen. Der Kasdandler am Marienplatz hatte die Tür zum Lüften geöffnet und lockte die Kundschaft über den Geruchssinn in sein Geschäft. Auf dem Rückweg nehme ich ein großes Stück Gorgonzola mit, dachte ich gut gelaunt. Voller Energie bog ich in die Straße ein, in der Dieter Ammer wohnte.

Als ich vor dem Haus stand, studierte ich die Namen an der Eingangstür und klingelte schließlich ganz oben bei Ammer. Ich wartete eine Weile, aber nichts tat sich. Die Tür öffnete sich nicht, aus der Gegensprechanlage kam kein Laut. Ob er verheiratet war? Ich hatte keine Ahnung, es schien jedenfalls niemand zu Hause zu sein. Da öffnete sich die Haustür, eine alte Frau kam mitsamt Einkaufswagen heraus. Ich hielt ihr höflich die Tür auf und ging hinein. Das Haus hatte drei Stockwerke, in denen jeweils drei Parteien wohnten. Herr Ammer wohnte im obersten Stock, wie ich schwer atmend feststellte.

Als ich an der Wohnungstür läutete, sah ich, dass diese einen kleinen Spalt weit offen stand.

»Herr Ammer, ich bin's, Maja Kuckuck!«, rief ich hinein, bekam jedoch keine Antwort.

Ich betrat den Wohnungsflur und überlegte, ob er vielleicht nur kurz zum Bäcker gegangen war und die Tür extra für mich offen gelassen hatte. War es unverschämt, mich inzwischen in sein Wohnzimmer zu setzen, um dort auf ihn zu warten? Nein, schließlich hatte er mich ja herbestellt. Ich öffnete die Tür links von mir und stellte fest, dass dort die Toilette war. Daraufhin versuchte ich es mit der anderen Tür gegenüber und erblickte zufrieden ein großes Sofa. Als ich eintrat und mich gerade setzen wollte, sah ich plötzlich zuerst die Beine und dann den ganzen Körper von Herrn Ammer am Boden vor dem Sofa liegen. Er lag mit Bauch und

Gesicht auf dem Teppich, in der Mitte seines Rückens steckte der Griff eines Messers!

Mir sackte der Blutdruck weg, und ich ließ mich auf einen Sessel fallen. Da hörte ich aus einem weiteren Zimmer ein knarrendes Geräusch. In panischer Angst sprang ich auf und rannte trotz Schwindelgefühls aus der Wohnung und aus dem Haus. Ich wagte es nicht einmal, auf der Straße stehen zu bleiben, um von meinem Handy aus die Polizei zu rufen. Ich lief nur weg, so schnell ich konnte. Auf wackligen Gummibeinen rannte ich den Berg in der Ziegelgasse hoch, wo mir ein verwunderter Stammgast ein »Hallo!« hinterher rief, dann überquerte ich trotz roter Ampel die Kammergasse und steuerte direkt auf die Polizeiinspektion in der Haydstraße zu. Ich klingelte Sturm und brüllte in die Gegensprechanlage, dass ich einen Toten gefunden hatte. Die Tür sprang auf, Polizeiobermeister Moser führte mich links in das erste Zimmer, wo ich mich erschöpft und völlig außer Atem auf eine Bank fallen ließ. Dann berichtete ich dem Polizeiobermeister und einer verdutzt dreinblickenden Polizistin, die am PC arbeitete, was ich soeben gesehen hatte.

»Schicken Sie sofort eine Streife hin«, sagte Moser aufgeregt zu seiner Kollegin. »Frau Kuckuck, es wäre am besten, wenn Sie erst einmal nach Hause gehen, wir werden uns dann bei Ihnen melden. Soll ich Sie fahren lassen?«

Ich nahm das Angebot dankbar an, meine Knie waren immer noch weich wie Pudding.

Zu Hause angekommen, schaffte ich es kaum, mit meinen zittrigen Fingern die Tür aufzuschließen. Kein Wunder, dachte ich. Wenn man innerhalb einer Woche gleich zwei Ermordete auffindet, das geht an die Substanz! Es war zwar erst Mittag, aber ich brauchte jetzt dringend einen Grappa, um mich wieder ins Gleichgewicht zu bringen.

Nachdem ich mir den ersten genehmigt hatte, griff ich zum Telefon und wählte Lillis Nummer.

»Mein Gott, Maja, das ist ja entsetzlich! Und dass ausgerechnet du den Toten schon wieder gefunden hast, das muss doch fürchterlich für dich sein! Willst du nicht zu uns rüberkommen und mit uns essen, damit du wieder auf andere Gedanken kommst?«

»Danke, Lilli, das ist lieb gemeint, aber dieser Moser hat gesagt, dass die Polizei bei mir vorbeikommen wird, sobald sie den toten Herrn Ammer untersucht haben.«

Nach Lilli rief ich bei Viola an, die wahrscheinlich gerade unterrichtete, und sprach ihr aufs Band, dass sie mich zurückrufen solle.

Ich trank einen zweiten Grappa und nahm den Brief von Herrn Ammer zur Hand, der immer noch auf dem Tisch lag. Mein Name auf dem Umschlag, der Text und sogar die Unterschrift waren gedruckt. Vielleicht war der Brief gar nicht von Herrn Ammer, sondern vom Mörder, überlegte ich. Aber wieso sollte dieser bloß gewollt haben, dass ausgerechnet ich den Toten finde? Vielleicht war der Mörder von Herrn Feldberg und der von Herrn Ammer ein und dieselbe Person, jetzt wollte er mich einschüchtern, dass mir ja nichts mehr zu seiner Beschreibung einfällt! Nein, das ist doch absurd, schob ich den Gedanken wieder beiseite, was hatte denn Herr Ammer mit Herrn Feldberg zu tun!

Die verschiedensten Fragen gingen mir durch den Kopf, da klingelte es an der Haustür. Kommissar Scheffel und sein Kollege kamen die Treppen hoch. Nachdem die beiden auf der Couch im Wohnzimmer Platz genommen hatten, blickte Kommissar Scheffel zu der Flasche Grappa auf dem Tisch.

»Darf ich Ihnen auch einen anbieten?«, fragte ich höflichkeitshalber.

»Nein, danke«, lehnte er in merkwürdigem Ton ab. »Frau Kuckuck, wie viel von dem Zeug haben Sie denn heute schon getrunken?«, fragte er mich mit einer Kopfbewegung in Richtung Grappaflasche.

»Wie bitte?«, sagte ich etwas irritiert.

»Frau Kuckuck, Kommissar Herrmanns und ich kommen gerade aus der Wohnung von Herrn Ammer, es war weit und breit kein Toter dort zu finden.«

»Aber das ist unmöglich, ich habe ihn doch gesehen!«, platzte es aus mir heraus.

»Wir haben weder Blut noch sonst irgendwelche Spuren gefunden, die auf ein Gewaltverbrechen hingedeutet hätten.« Er taxierte mich mit aufmerksamem Blick. Es war deutlich zu erkennen, was in seinem Kopf vorging.

»Sie denken wohl, ich ticke nicht ganz richtig, wie? Aber da irren Sie sich, ich bin im Vollbesitz meiner geistigen Kräfte, darauf können Sie sich verlassen! Ich habe vor zwei Stunden einen toten Mann mit einem Messer im Rücken in Herrn Ammers Wohnung liegen sehen, da bin ich mir hundertprozentig sicher!«

Der Kommissar sagte kein Wort.

»Und hier, was ist das da?«, rief ich aufgeregt und gab ihm den Brief, den ich am Morgen in meinem Briefkasten gefunden hatte und der mit »Dieter Ammer« unterzeichnet war.

Der Kommissar nahm das Kuvert an sich und studierte den Brief aufmerksam.

»Das werde ich natürlich mitnehmen«, meinte er vorschriftsmäßig und beugte sich etwas im Sessel vor.

»Frau Kuckuck, wurden Sie tatsächlich von Herrn Feldberg wegen einem Alt-Solo zum Vorsingen bestellt?«, wechselte er plötzlich abrupt das Thema.

Verdammt, die Pralinen! Obwohl ich die Schachtel gestern noch mitsamt Inhalt in die Mülltonne des Nachbarhauses geworfen hatte, fühlte ich mich auf einmal ziemlich unwohl.

»Meine Frau hat mir erzählt, dass Herr Feldberg einen altgedienten Tenor aus dem Chor geworfen hat. Als Anerkennung für die jahrzehntelange Leistung hatte er ihm eine Schachtel Pralinen geschenkt«, sagte der Kommissar mit hochgezogenen Augenbrauen und natürlich in der Absicht, mich damit aus der Reserve zu locken.

»Was hat das mit mir zu tun?«, fragte ich so unschuldig wie möglich.

»Frau Kuckuck, wir wissen aus sicherer Quelle, dass Herr Feldberg am Samstagvormittag eine Schachtel Pralinen gekauft hat, am Abend desselben Tages hatte er Sie zum Vorsingen bestellt. Finden Sie nicht auch, dass sich da ein gewisser Zusammenhang aufdrängt?«

»Was für ein Zusammenhang? Wahrscheinlich hat er eben selbst gerne Pralinen gegessen! Oder wollen Sie vielleicht damit andeuten, dass er mich, die einzige Person des ganzen Chores mit absolutem Gehör, aus dem Chor hinauswerfen wollte? Herr Kommissar, das ist doch völlig absurd!«, sagte ich mit dem größten Maß an Überzeugung, das ich aufbieten konnte.

Der Kommissar sah mich durchdringend an und machte mich damit ganz nervös.

»Sie können gerne meine Wohnung durchsuchen, Sie werden keine Pralinenschachtel bei mir finden!«

»Frau Kuckuck, ich rate Ihnen dringend, die Wahrheit zu sagen.« Der Kommissar blieb unnachgiebig.

»Ha, die Wahrheit! Die glauben Sie mir ja nicht! Da finde ich einen Toten in seiner Wohnung, und Sie halten das alles für ein Hirngespinst! Sie sollten sich lieber darüber Gedanken machen, wo der Tote abgeblieben ist, anstatt sich irgendwelche Märchen über Pralinenschachteln zusammenzureimen!« Mir platzte der Kragen.

Der Kommissar meinte ganz ruhig: »Frau Kuckuck, Sie können sicher sein, dass wir auch in dieser Sache mit der nötigen Ernsthaftigkeit ermitteln, aber im Moment haben wir weder einen Toten noch sonst irgendwelche Hinweise auf ein Verbrechen, Ihre Aussage natürlich ausgenommen.«

Der Blick des Kommissars gefiel mir nicht.

»Frau Kuckuck, die Wahrheit kommt immer ans Licht. Denken Sie noch einmal über alles nach, was Sie uns erzählt haben, vielleicht möchten Sie die ein oder andere Aussage doch korrigieren.«

Die beiden Polizisten standen auf und verabschiedeten sich.

Was hatte das zu bedeuten? Verdächtigte der Kommissar etwa mich, dass ich Herrn Feldberg ermordet hatte, weil dieser mich aus dem Chor werfen wollte? Glaubte er vielleicht, dass ich den Mann in der Kirche nur erfunden hatte, um die Polizei auf eine falsche Spur zu lenken? Das ist doch unglaublich! Und wo ist bloß die Leiche von Herrn Ammer? Ich bin doch nicht verrückt, hämmerte es in meinem Kopf, ich weiß doch, was ich gesehen habe! Jetzt brauchte ich erst recht einen Grappa und schenkte mir noch einen dritten ein.

Nachdem ich mich wieder halbwegs beruhigt hatte, rief ich Viola an und erzählte ihr die mysteriöse Geschichte um die verschwundene Leiche von Herrn Ammer und dass mir der Kommissar nicht glaubte. Von der Pralinenschachtel und dem absurden Verdacht des Kommissars, ich könnte Herrn Feldberg umgebracht haben, sagte ich natürlich kein Wort.

Dieses schreckliche Geheimnis, dass mich Herr Feldberg tatsächlich aus dem Chor werfen wollte, würde ich mit ins Grab nehmen, darüber konnte ich nicht einmal mit Viola sprechen. Sie hat eine hohe Meinung von meiner Sangeskunst. Das soll auch so bleiben!

»Dieser superkluge Kommissar glaubt jetzt doch glatt, dass ich mir das alles nur eingebildet habe!«, ereiferte ich mich aufs Neue.

»Schwachsinn, Mama, was du gesehen hast, hast du gesehen. Es sei denn, dass Herr Ammer gar nicht tot war und die ganze Vorstellung nur für dich inszeniert hat.«

»Aber wieso sollte er das tun? Außerdem sah die Sache verdammt echt aus. Einmal angenommen, es hätte sich tatsächlich nur um so eine Art Theatermesser gehandelt, bei dem die Klinge gar nicht im Körper steckt, dann hätte er trotzdem keine Luft mehr bekommen! Das Gesicht lag nach unten in einem Teppich vergraben, der sehr lange Haare hatte. Nein, Viola, ich sage dir, der war tot.«

»Aber du warst doch gar nicht so lange dort, vielleicht kann man ein paar Minuten so liegen, ohne dass man gleich erstickt.«

»Jetzt machst du mich aber wirklich unsicher. Wie auch immer, ich werde der Sache auf den Grund gehen, es geht schließlich um meinen Ruf. Ich lasse mich doch nicht als phantasierende Schnapsdrossel abstempeln!«

»Mama, ich will nicht, dass du in irgendwelchen kriminellen Kreisen herumschnüffelst. Diese Leute können verdammt gefährlich werden! Und was hast du dir eigentlich dabei gedacht, alleine in die Wohnung von diesem merkwürdigen Ammer zu gehen!«

»Stimmt, das war leichtsinnig von mir.« Viola hatte Recht, da hätte ja alles Mögliche passieren können.

Nach dem Telefongespräch ging ich an meinen Computer und suchte im Internet nach Mitteln zur Selbstverteidigung. Ich war entschlossen, noch einmal zu Herrn Ammers Haus zu gehen und ein paar Dinge abzuklären, aber diesmal wollte ich für alle Eventualitäten gewappnet sein.

Ich bestellte ein Pfefferspray und ein Tränengas, das Ganze forderte ich per Eilsendung an, sodass ich am nächsten Tag mit der Lieferung rechnen konnte. Danach suchte ich im Telefonbuch die Nummer vom Freisinger Tagblatt heraus.

»Es tut mit Leid, Frau Kuckuck, aber Herr Ammer ist nicht da«, sagte die weibliche Stimme, die meinen Namen in der Zwischenzeit kannte.

»Es ist äußerst dringend, können Sie mir wenigstens sagen, wann er wieder zu erreichen ist?«

»Da haben Sie Pech, Frau Kuckuck, Herr Ammer hat kurzfristig einen dreiwöchigen Urlaub angetreten.«

»Einen Urlaub? Aber warum denn so plötzlich?«

»Darüber kann ich Ihnen leider keine Auskunft geben.«

»Und Sie wissen auch nicht, wo er seinen Urlaub verbringt?«

»Nein.«

»Hat Herr Ammer irgendeinen vertrauten Kollegen in der Redaktion, an den ich mich wenden könnte?«

»Ich weiß nicht, aber ich kann Sie zu Frau Scholz durchstellen, mit der arbeitet er häufig zusammen.«

Ich ließ mich verbinden und musste mir fünf Minuten lang irgendein Gedudel in der Warteschleife anhören.

»Scholz?«

»Guten Tag Frau Scholz, mein Name ist Kuckuck, ich müsste dringend mit Herrn Ammer sprechen.«

»Frau Kuckuck, ich weiß, wer Sie sind, Herr Ammer hat Ihren Namen mir gegenüber erwähnt. Ich kann Ihnen aber nicht sagen, wo er sich zurzeit aufhält, er kommt erst in drei Wochen wieder zurück.«

»Können Sie mir erklären, weswegen er sich so plötzlich zu einem Urlaub entschlossen hat?«

»Er erwähnte gesundheitliche Probleme, mehr weiß ich nicht.«

»Könnten Sie mir wenigstens sagen, wann er diesen Urlaub eingereicht hat?«

»Gestern Abend. Um was geht es denn, Frau Kuckuck? Die Polizei hat heute auch schon nach Herrn Ammer gefragt, ist denn irgendetwas passiert?«

»Nein, nein. Falls sich Herr Ammer bei Ihnen meldet, richten Sie ihm doch bitte aus, dass er mich unbedingt anrufen soll.«

»Natürlich«, meinte Frau Scholz beflissen und legte auf.

Herr Ammer hatte also Hals über Kopf Urlaub genommen. Entweder er wollte untertauchen, weil er tatsächlich vor irgendjemandem Angst hatte, wie er gestern Nachmittag angedeutet hatte, oder er spielte Katz und Maus mit mir. Wenn er allerdings tatsächlich tot sein sollte, war seine Angst mehr als begründet gewesen. Dieser Urlaub war natürlich eine plausible Erklärung für seine momentane Unauffindbarkeit, deswegen würde er die nächsten drei Wochen wohl nicht als vermisst gelten. Ich grübelte weiter. So eine Leiche konnte sich doch nicht in Luft auflösen! Wenn sie nicht mehr in Herrn Ammers Wohnung lag, als die Polizei eintraf, dann musste sie eben vorher weggeschafft worden sein. Ich hatte einmal in einem Erste-Hilfe-Kurs gehört, dass der menschliche Körper nicht unbedingt bluten musste, wenn ein Fremdkörper in ihm steckte. Erst wenn man den Fremdkörper herauszog, konnte das Blut ungehindert nach außen fließen. Es wäre also absolut möglich, dass man den Toten aus der Wohnung gebracht hatte, ohne dass dabei Blutspuren entstanden waren.

Da ich im Moment nichts weiter zur Aufklärung des mysteriösen Falles tun konnte, stattete ich Lilli doch noch einen

Besuch ab und unterrichtete sie über die letzten Begebenheiten.

Am nächsten Vormittag machte ich einen Einkaufsbummel durch die Schuhgeschäfte der Innenstadt und gönnte mir ein Paar hochhackige, roséfarbene Stiefeletten. Neue Schuhe sorgen bei mir stets für positive Stimmung, und die konnte ich in den nächsten Stunden gut gebrauchen. Auf dem Rückweg schaute ich bei Bücher Pustet vorbei und erstand auf die Schnelle ein kleines Büchlein über Selbstverteidigung.

Zu Hause angekommen, packte ich neugierig das Päckchen aus, das ich gestern übers Internet bestellt hatte. Die beiden Spraydosen hatten eine handliche Größe, die man gut verbergen konnte. Dann studierte ich das Buch »Selbstverteidigung für Frauen« mitsamt anschaulichem Bildmaterial, welches sich allerdings bei näherem Hinsehen als Fehlinvestition herausstellte. Wenn ich einem männlichen Angreifer mit dem gestreckten rechten Bein ins Gemächt springen sollte, wäre ich die Erste, die auf dem Boden läge. Aber ich hatte ja noch das Tränengas und das Pfefferspray, wovon ich eines in meine Handtasche und das andere in meine Manteltasche steckte. So bewaffnet machte ich mich auf den Weg zur Wohnanlage Am Wörth.

Die Eingangstür zum Haus war wieder geschlossen, ich läutete bei dem Schild »Nadic (Hausmeister)«.

Ein Summton ertönte, die Tür ging auf. In der rechten Wohnungstür neben dem Eingang stand eine Frau Anfang dreißig mit einem kleinen Kind auf dem Arm.

»Guten Tag, ich möchte zu Herrn Ammer im dritten Stock, aber es öffnet niemand. Wissen Sie zufällig, ob Herr Ammer verreist ist?«

»Nix Ahnung, aber ganze Haus am Tag ist in Arbeit, nur ich und alte Frau Schuster ist da am Tag. Aber gestern hier war Polizei und hat gefragt auch nach Herr Ammer, vielleicht sitzt in Gefängnis! Ist nicht zu glauben, ist immer so höflich, aber vielleicht macht schlechte Geschäfte.«

»Womöglich! Aber wie auch immer, ich habe ein Päckchen für ihn und möchte es ihm gerne vor die Wohnungstür legen. Also dann vielen Dank noch mal.« Ich verabschiedete mich von der Frau und ging in Richtung Treppen.

»Nix Treppe, haben wir Lift!«, rief sie mir hinterher und deutete um die Ecke. Tatsächlich, es gab einen Lift, den ich gestern gar nicht gesehen hatte.

Im dritten Stock stieg ich aus, bog wieder um die Ecke und stand bereits vor Herrn Ammers geschlossener Wohnungstür. Ich umklammerte das Tränengas in meiner rechten Manteltasche und drückte mit dem linken Zeigefinger auf den Klingelknopf. Nichts tat sich.

Wie ich feststellte, war der Weg zwischen Herrn Ammers Wohnung und dem Lift sehr kurz, der Mörder hätte die Leiche also ohne Probleme über den Fußboden zum Lift schleifen und hinunterfahren können. Aber was dann? Er konnte die Leiche ja schlecht an den Wohnungstüren von Frau Nadic und Frau Schuster vorbei zur Haustür und dann auf die Straße ziehen, das Risiko wäre zu groß gewesen.

Ich betrat wieder den Lift und drückte auf den Knopf K, der zuunterst stand. Der Keller entpuppte sich als Tiefgarage, die so groß war, dass sie wahrscheinlich auch noch zu den beiden angrenzenden Häusern gehörte.

Ungefähr zwei Drittel der Parkplätze waren leer. Wenn der Mörder sein Auto gleich neben dem Ausgang des Liftes geparkt hätte, wäre es kein Problem gewesen, die Leiche möglichst schnell in seinem Wagen zu verstauen, natürlich vorausgesetzt, dass gerade niemand in der Nähe war. Zufrieden mit meinen Ermittlungen, die bewiesen, dass es tatsächlich eine Erklärung für das unbemerkte und schnelle Verschwinden der Leiche gab, ging ich weiter in Richtung Ausfahrt. Ich zog an der Schnur, die von der Decke herunterhing, und öffnete das Tor von Hand.

Irgendwann würde die Leiche auftauchen oder Herr Ammer würde spätestens in drei Wochen als vermisst gelten. Dann musste sich Kommissar Scheffel bei mir entschuldigen!

Am Freitagmorgen war ich wie immer etwas früher wach geworden, da die Weinstube »Zum Kuckuck« am Donnerstag Ruhetag hat. Ich ging zum Bäcker, um frische Frühstücksbrötchen zu kaufen, und nahm auf dem Rückweg das Freisinger Tagblatt aus dem Briefkasten mit.

Als ich die Zeitung auf den Tisch legen wollte, fiel ein Zettel heraus, den jemand heute Morgen in den Briefkasten gestopft haben musste.

Es stand nur ein gedruckter Satz darauf, dessen Inhalt mich erschauern ließ:

WER ZU VIEL NACHDENKT, MUSS STERBEN!

Das war ein Drohbrief! Irgendjemand wollte mir Angst einjagen. Das war ihm auch gelungen.

Ich wählte die Handynummer von Kommissar Scheffel und berichtete ihm von dem mysteriösen Zettel. Er schien die Sache ernst zu nehmen und wollte in einer halben Stunde zu mir kommen.

Wer könnte das sein, der mir Angst machen wollte? War es der Mann, mit dem ich in der Kirche zusammengestoßen war? Oder hatte man mich vielleicht gestern beobachtet, als ich noch einmal zu Herrn Ammers Wohnung gegangen war und dort herumspioniert hatte? Womöglich sollte der Drohbrief eine Warnung sein, dass es mir genauso ergehen könnte wie Herrn Ammer, der vielleicht im Falle des gestohlenen Sebastians zu viel nachgedacht hatte. Es drängte mich, Viola anzurufen und mit ihr darüber zu reden, aber das konnte ich ihr nicht antun, sie würde sich nur schreckliche Sorgen machen. Also wartete ich auf Kommissar Scheffel und machte währenddessen einen Gang durch meine Wohnung, um festzustellen, ob irgendwo Alkohol zu sehen war.

Nachdem der Kommissar mit seinem schweigsamen Kollegen Herrmanns im Schlepptau bei mir eingetroffen war und den Zettel mit einer Pinzette in ein Tütchen gepackt hatte, sagte er mit ernster Miene:

»Frau Kuckuck, es kann sein, dass diese Drohung von dem Mann kommt, mit dem Sie in der Kirche zusammengestoßen sind, sofern es ihn denn gibt.«

»Natürlich gibt es ihn, oder glauben Sie vielleicht, ich habe mir das alles nur ausgedacht?«, rief ich empört.

»Frau Kuckuck, wir haben es hier mit einem Mordfall zu tun und ...«

»Wir haben es hier mit zwei Mordfällen zu tun«, korrigierte ich den Kommissar.

Kommissar Scheffel stöhnte laut auf.

»Frau Kuckuck, wir stehen immer noch am Anfang unserer Ermittlungen. Wir müssen alle Möglichkeiten in Betracht ziehen, die es gibt. Was mich stutzig macht, ist die Tatsache, dass ausgerechnet Sie auf einmal permanent mit Verbrechen und Drohbriefen zu tun haben oder besser gesagt zu tun haben wollen. Ich kann mir ehrlich gesagt keinen Reim darauf machen, warum das so ist, aber ich werde schon noch dahinter kommen! Verstehen Sie mich nicht falsch, Frau Kuckuck, wenn Sie ernsthaft bedroht werden oder in Gefahr sind, werden wir uns selbstverständlich um Ihre Sicherheit bemühen. Aber wenn Sie uns an der Nase herumführen oder uns irgendetwas verheimlichen, dann werden wir das früher oder später herausfinden, da können Sie sicher sein!«

Der Kommissar behandelt mich wie eine Lügnerin. Ich musste zwar zugeben, dass die Sache mit der verschwundenen Leiche aus seiner Sicht äußerst unglaubwürdig erschien, aber trotzdem hatte ich den Toten gesehen! Wenn mir der Kommissar nicht glaubte, dann würde ich eben weiter auf eigene Faust ermitteln müssen. Die Vorstellung, dass ich die Mordfälle vielleicht sogar noch vor der Polizei aufklären würde, reizte mich ungemein, ich war fest entschlossen, meine Augen und Ohren weit offen zu halten.

In einer halben Stunde würde der erste Chorstammtisch stattfinden. Ich stand in der Weinstube und überlegte, wie viele Plätze ich dafür reservieren sollte. Unser Kirchenchor hat sechzig Mitglieder, wovon aber etwa zwanzig Personen wenig Interesse am gesellschaftlichen Drumherum haben und sich nur beim jährlichen Chorausflug unters Volk mischen.

Ich rechnete also grob mit vierzig Leuten. Da die Weinstube in mehrere unterschiedlich große Nischen eingeteilt ist, wählte ich die größte aus und stellte mit Andreas mehrere Tische zusammen. Falls doch mehr als vierzig Personen kommen sollten, müsste man auf der Bank eben etwas zusammenrücken.

»Weißt du, wo ich gestern Abend war?«, fragte mich Andreas auf einmal mit charmantem Lächeln.

»Wo denn?«

»Ich bin mit meiner neuen Freundin Angie in den Genuss eines privaten Orgelkonzertes gekommen. Michael hat uns dazu eingeladen und hat uns in der geschlossenen Kirche ein paar beeindruckende Werke vorgespielt. Der Kerl hat's wirklich drauf, das traut man ihm gar nicht zu.«

»Das ist ja sehr interessant. Ich wusste gar nicht, dass ihm der Pfarrer den Kirchenschlüssel gegeben hat.«

»Wieso denn nicht, er ist doch im Moment der einzige Organist in der Kirche«, meinte Andreas wie selbstverständlich.

»Außerdem hast du mir gar nicht erzählt, dass du eine neue Freundin hast.«

»Bist du vielleicht eifersüchtig?«

»Geh und poliere die Gläser!«, befahl ich eingeschnappt.

Der gut aussehende Andreas hat einen großen Kreis von Verehrerinnen, die den Umsatz der Weinstube nicht unerheblich ankurbelten, da sie das Objekt ihrer Begierde gerne ganze Abende lang über gefüllte Weingläser hinweg beobachteten. Ich hatte zwar kein Recht darauf, aber natürlich wollte ich immer wissen, welche der Damen gerade das Rennen gemacht hat.

In diesem Moment kam Michael zur Tür herein.

»Guten Abend«, grüßte er.

»Hallo, Michael, wann hat Ihnen der Pfarrer denn den Kirchenschlüssel gegeben?«, sprudelte es gleich aus mir heraus.

»Ah, Andreas hat Ihnen von gestern Abend erzählt. Der Pfarrer hat mir den Schlüssel am Dienstag gegeben, damit ich jederzeit in der Kirche üben kann. Das ist doch sehr nett von ihm, finden Sie nicht?«

»Doch, doch, das finde ich auch.«

»Wenn Sie möchten, werde ich Ihnen am nächsten Donnerstagabend auch etwas vorspielen«, sagte er, weil er mich gestern nicht mit dazu gebeten hatte.

»Das würde mich außerordentlich freuen, ich mag Orgelmusik sehr gerne«, antwortete ich zufrieden über die Einladung. So ein Privatkonzert bekommt man nicht alle Tage!

Um fünf vor acht betraten bereits die ersten Chorsänger die Weinstube und äußerten sich sehr positiv über die Idee mit dem Stammtisch.

Gabi und ihr Mann Berthold kamen zur Tür herein.

Nanu, dachte ich, was macht denn der hier? Erstens singt Berthold gar nicht im Chor, und zweitens hatte mir Lilli doch erzählt, die beiden hätten sich getrennt! Vielleicht wollten sie damit aller Welt demonstrieren, dass sie wieder zusammen waren. Ich beschloss, mich gleich einmal an ihre Seite zu setzen und nachzubohren.

»Das ist aber eine Überraschung, Berthold!«

»Wir wussten nicht genau, ob Ehepartner auch zugelassen sind. Ich hoffe, dass niemand etwas dagegen hat.«

»Wer sollte denn etwas dagegen haben, wir finden es schön, dass du auch da bist«, sagte Ullrich im Namen der anderen Anwesenden. Seinem Tonfall nach hatte Ullrich ebenfalls von der Trennung gehört und freute sich ganz offensichtlich, dass wieder alles im Lot war.

Die Weinstube füllte sich immer mehr, die vierzig Plätze in der Chornische waren bald besetzt. Meine Angestellten hatten zum Teil so viel zu tun, dass ich zwischendurch selbst aufstehen und mithelfen musste, um die Getränke an den Chorstammtisch zu bringen. Die Sänger waren fast alle gute Weintrinker, wobei sie die deutschen Weißweine und ganz besonders die trockenen Frankenweine bevorzugten, weil man davon ihrer Ansicht nach mehr trinken konnte.

Die Stimmung war prächtig, die Gelegenheit, sich außerhalb der Proben zu treffen, wurde bestens angenommen.

Natürlich dauerte es nicht sehr lange, bis das Thema auf Herrn Feldberg kam. Die anfängliche Bestürzung über seinen gewaltsamen Tod war in der Zwischenzeit der Ansicht gewichen, dass es auch Vorteile hatte, wenn wir bald einen anderen Kirchenmusiker bekommen würden.

»So schlimm war Matthias auch wieder nicht, er war eben sehr ehrgeizig. Er hat sich mit seinen Methoden natürlich nicht nur Freunde gemacht, aber trotz allem war er ein guter Musiker!«

Alle starrten zu Gabi, weil sie den Vornamen von Herrn Feldberg benutzt hatte und seine Methoden auch noch verteidigte.

Da ergriff Berthold das Wort: »Wir kannten Matthias schon sehr lange, Gabi hat mit ihm studiert. In dieser Zeit hatte er sie mir für ein paar Wochen ausgespannt.«

»Aber Gott sei Dank hat mich Berthold wieder zurückgenommen«, ergänzte Gabi und sah ihren Berthold liebevoll an.

Lilli warf mir einen vielsagenden Blick zu. Das war also der Grund, warum Berthold nicht wollte, dass Gabi bei Herrn Feldberg im Chor sang. Wahrscheinlich hatte er Angst, dass sich die Geschichte von damals wiederholen könnte. Gabi war eine sehr attraktive, groß gewachsene Frau, und es entging mir nicht, dass sie immer wieder die bewundernden Blicke der Männer auf sich zog. Ein eifersüchtiger Ehemann hatte es da nicht leicht, obwohl der sportliche Berthold mit seinen hellblonden Haaren und dem gebräunten Teint eine stattliche Erscheinung war.

»Gibt es denn schon neue Erkenntnisse über die schreckliche Tat?«, fragte Berthold quer über den Tisch an Ruth gerichtet.

»Aber ihr wisst doch, dass ich nichts sagen darf.« Ruth wand sich wie ein Aal, sodass jeder mitbekommen musste, dass es tatsächlich neue Erkenntnisse gab.

»Also mein Eindruck ist, dass die Polizei in dieser Angelegenheit noch nicht viel weiter ist«, stachelte ich Ruth ein bisschen an.

»Aber natürlich ist mein Mann weitergekommen!«, rief sie entrüstet. »Ich würde euch wirklich wahnsinnig gerne etwas darüber sagen, aber ich kann nicht.«

Ruth platzte fast vor Anstrengung, ihren Mund zu halten, es musste schrecklich für die größte Tratschtante der ganzen Stadt sein!

Ich beschloss, ihr die Sache etwas zu erleichtern.

»Hatte er denn nun tatsächlich Verbindungen zur Mafia?«, wollte ich wissen.

»Aber nein, wer sagt denn so etwas, da seid ihr völlig auf dem Holzweg.«

»Hatte es vielleicht etwas mit dem Geld zu tun, das er überall haben wollte?«, fragte Hans, nachdem er kurz zuvor die Geschichten von der Sopranistin und von sich selbst erzählt hatte.

»Mit Geld hat es schon etwas zu tun«, erwiderte Ruth freudig erregt, und alle wussten, dass da noch mehr zu holen war.

»Wofür brauchte er denn bloß das Geld? Das kann mir niemand weismachen, dass er für ein Konzert gesammelt hat«, mischte sich Irmi ein. »Vielleicht war er süchtig?«

Die Miene von Ruth erhellte sich schlagartig um hundert Watt. »Süchtig!«, riefen alle durcheinander.

»Aber von mir habt ihr das nicht«, sagte Ruth.

»So ein Blödsinn, Matthias war doch kein Junkie!« Gabi schüttelte den Kopf.

»Es gibt ja auch andere Suchtarten. War er vielleicht Alkoholiker?«, fragte Lilli.

Ruth schürzte die Lippen und war offenbar nicht zufrieden mit dieser Möglichkeit.

»Oder Frauen?«, meldete sich Franz zu Wort.

Immer noch keine Reaktion bei Ruth.

»Dann war er bestimmt spielsüchtig!« Irmi warf ihre Vermutung in die Runde, Ruths Augen fingen an zu leuchten. Irmi hatte ins Schwarze getroffen!

»Aber ich habe nichts gesagt!« Ruth beruhigte noch mehrmals ihr Gewissen, wobei sie sichtlich erleichtert war, dass die schwere Last ihrer geheimen Informationen endlich von ihr abgefallen war.

Gegen ein Uhr und nachdem noch heftige Diskussionen über die Diagnose und die Therapie von Spielsucht geführt worden waren, verabschiedeten sich die letzten Gäste, ich schloss zufrieden mein Lokal. Der Abend war äußerst aufschlussreich gewesen und der Umsatz beträchtlich.

Während ich noch wach im Bett lag, dachte ich über die Tatsache nach, dass Herr Feldberg ein Spieler war. Es war bekannt, dass solche Leute hoch verschuldet waren. Könnte es nicht sein, dass Herr Feldberg von einem Gläubiger umgebracht worden war, bei dem er seine Schulden nicht mehr bezahlen konnte? Wahrscheinlich würde die Polizei jetzt ebenfalls in diese Richtung ermitteln. Aber wieso sollte mir so ein Gläubiger einen Drohbrief schreiben, dass ich nicht mehr nachdenken durfte? Ich war mir relativ sicher, dass ich keine so genannten Kredithaie kannte, also hätte ich die Gestalt in der Kirche auch gar nicht erkennen können.

Der Drohbrief musste doch etwas mit der Geschichte um Herrn Ammer zu tun haben, wobei ich in der Zwischenzeit mehr denn je davon überzeugt war, dass es seine Leiche war, die ich gesehen hatte.

Ich nahm mir vor, mich mit der Kunstszene unserer Stadt näher zu befassen. Vielleicht konnte ich herausfinden, ob es jemanden gab, der antike Heiligenfiguren sammelte.

7

Am Samstagmorgen machte ich einen Spaziergang zum Markt und kaufte grünen Salat, gelbe Rüben und Radieschen für Michaels Dekorationskünste in der Weinstube. Obwohl ich das Gemüse auch im Supermarkt um die Ecke besorgen könnte, lasse ich mir dieses bunte Spektakel nie entgehen. Die Freisinger Obst- und Gemüseverkäufer können mit den Marktschreiern der südlichen Länder durchaus mithalten. Die permanenten Aufforderungen zum Probieren und die unaufhörlich über den Markt posaunten Sonderangebote stimmten mich jedes Mal gut gelaunt und heiter. Nebenbei traf man sich zum kleinen Plausch und konnte die neuesten Gerüchte erfahren, die gerade kursierten. Ruth musste natürlich ebenfalls jeden Samstag sehr viele Kleinigkeiten auf dem Wochenmarkt erwerben und verglich in zahllosen Runden die Preise der verschiedenen Händler.

»Also Maja«, kam sie auf mich zu, »das war gestern wirklich ein sehr netter Abend in der Weinstube! Aber sag mal, was hatte dieser Berthold eigentlich bei unserem Chorstammtisch zu suchen? Wo kämen wir denn da hin, wenn jeder seinen Ehepartner mitschleifen würde? Da könnte man doch gar nicht mehr offen reden!«

Ruths Sorge darüber, dass sich das Mitnehmen der Ehegatten einbürgern könnte, amüsierte mich. Natürlich hatte sie Angst, dass der rege Austausch von Neuigkeiten durch die Anwesenheit ihres eigenen Gatten erheblich gestört werden könnte.

Ich beruhigte sie und meinte, dass Berthold bestimmt nur ausnahmsweise mitgekommen sei, dann schlenderte ich gemütlich wieder nach Hause.

Gegen Mittag setzte ich mich an den Computer und suchte im Internet nach Informationen über Vernissagen und Kunstvorträge aller Art im Freisinger Raum. Ich stieß auf die verschiedensten Ausstellungen des Kunstvereins »Freisinger Mohr« und auf zahlreiche, privat organisierte Vernissagen. Auffallend war, dass die Zeitungsberichte über die jeweiligen Events im Tagblatt fast ausschließlich von Dieter Ammer verfasst worden waren, er musste also mit allen Kunstschaffenden und Kunstliebhabern in Freising gut bekannt sein. In seinen Artikeln wurde regelmäßig unser Oberbürgermeister Günther Bergnagel erwähnt und dass es besonders ihm zu verdanken sei, dass die ein oder andere Ausstellung überhaupt hatte stattfinden können. Fiel das nun unter die normalen Pflichten eines Oberbürgermeisters oder hatte OB Bergnagel ein privates Interesse an diesen Dingen? Da entdeckte ich plötzlich einen Bericht über den Vortrag eines Professor Wimmer, welcher im Diözesanmuseum über sakrale Kunst des dreizehnten und vierzehnten Jahrhunderts gesprochen hatte. Herr Ammer schrieb, dass es Günther Bergnagel gelungen sei, die Koryphäe auf diesem Gebiet für einen Vortrag in Freising zu gewinnen. Auf dem Foto über dem Artikel war der OB Hände schüttelnd mit einem kleinen, schmächtigen Mann zu sehen. War das nun Zufall oder könnte Bergnagel die ominöse Person sein, die Heiligenfiguren aus dieser Zeit sammelte?

Ich musste mir eingestehen, dass ich mit meinen Nachforschungen an einem Punkt angelangt war, an dem es nicht mehr weiterging. Ich konnte doch nicht Günther Bergnagel des Diebstahls bezichtigen, nur weil er sich für die Freisinger Kunst- und Kulturszene einsetzte. Außerdem war er sicher nicht der Einzige, der solche Veranstaltungen besuchte.

Ich überlegte, wen ich zu diesem Thema befragen könnte, aber mir fiel niemand ein. Mein eigenes Interesse an Kunst beschränkte sich schon immer auf die Musik, das spiegelte sich auch in meinem Bekanntenkreis wider.

Der Samstagabend verlief relativ ruhig in der Weinstube. Ich hatte mich zu einigen Stammgästen gesetzt, die gerade über das frisch renovierte Stauberhaus neben dem Rathaus diskutierten. Die Farbe des neuen Bürgerbüros erhitzte derzeit Freisings Gemüter. War das nun ein »Schweinchenrosa« oder doch ein mit dem übrigen Marienplatz harmonierendes »zartes Rosé«?

»Man gewöhnt sich an alles, wenn man es nur lange genug anschaut«, gab ich meinen Kommentar zum Thema ab. Während ich in meiner Eigenschaft als Wirtin den Blick regelmäßig durch das Lokal schweifen ließ, fielen mir zwei Männer auf, die mich anscheinend beobachteten. Sie hatten eine kleine Karaffe Weißwein und eine große Flasche Mineralwasser dazu bestellt. Jedes Mal, wenn ich zu ihnen hinüber sah, griffen sie sofort hektisch nach ihrem Glas Mineralwasser und versuchten, einen belanglosen Gesichtsausdruck aufzusetzen. Was war denn so interessant an meiner Person? Plötzlich fiel mir der Drohbrief von gestern wieder ein. Ich bekam ein mulmiges Gefühl.

Um halb zwölf Uhr saßen die beiden Männer immer noch vor ihrer halb vollen Weißweinkaraffe und vor der zweiten Flasche Mineralwasser. Sie unterhielten sich kaum, damit sie möglichst viel von dem mitbekamen, was ich mit den anderen Gästen zu reden hatte. Irgendetwas stimmt hier nicht, das sagte mir meine Nase. Ich ging nach oben in meine Wohnung und suchte die Handynummer von Kommissar Scheffel heraus. Es war zwar schon sehr spät, aber es handelte sich schließlich um einen Notfall.

Nach langem Klingeln ging Kommissar Scheffel endlich ans Telefon und meldete sich mit verschlafener Stimme.

»Guten Abend, Herr Kommissar, hier ist Maja Kuckuck. Es tut mir Leid, dass ich Sie um diese Uhrzeit anrufen muss, aber in der Weinstube sitzen zwei verdächtige Männer, die mich schon den ganzen Abend beobachten.«

»Machen Sie sich keine Sorgen, Frau Kuckuck«, sagte der Kommissar und legte wieder auf.

Was war denn das? Nahm er mich jetzt nicht mehr ernst oder war er vielleicht nicht ganz wach?

Auf einmal wurde mir klar, um wen es sich bei den beiden Figuren handeln musste. Natürlich! Sie waren von der Polizei und sollten auf mich aufpassen. Eine Unverschämtheit, dass der Kommissar mich nicht darüber informiert hatte!

Ich ging wieder hinunter in die Weinstube und bestellte bei Michael eine große Schinkenplatte. Damit ging ich zu den beiden hin und sagte:

»Bitte schön, auf Kosten des Hauses! Was machen Sie eigentlich, wenn ich die Weinstube schließe? Sitzen Sie dann die ganze Nacht im Auto vor der Haustür und bewachen den Eingang?«

Die beiden Polizisten schauten mich perplex an und wussten offenbar nicht, wie sie darauf reagieren sollten.

»Vielen Dank!«, brachte schließlich einer der beiden hervor, bevor sie sich zögerlich an der leckeren Platte bedienten.

Als ich wieder zum Tresen zurückging, kam es mir plötzlich in den Sinn, dass die beiden womöglich gar nicht auf mich aufpassen, sondern dass sie in der Weinstube herumspionieren sollten! Dieser Scheffel dachte wohl, er wäre einer von der ganz schlauen Sorte!

Ich beschloss, die Beschattung vorerst einmal hinzunehmen. Erstens konnte das Ganze tatsächlich zu meinem Schutz sein, zweitens würde ich mich nur noch verdächtiger machen, wenn ich mich darüber beschwerte.

Am Sonntag ging ich wieder zu Michael auf die Empore, um den Gottesdienst von oben zu verfolgen. Man hatte einfach einen viel besseren Überblick über die ganze Kirche und natürlich auch über die Gottesdienstbesucher.

Während der Predigt sah ich mich nach den Kunstgegenständen um, die in der Kirche aufgestellt waren oder an den Wänden hingen. Ich verstand zwar nichts davon, aber die Kirche war reichlich damit ausstaffiert. Am mittleren linken Seitenaltar ragte ein marmorierter Holzsockel aus der Wand heraus, auf dessen Oberfläche mehrere große Löcher zu sehen waren. Hier hatte wahrscheinlich die gestohlene Sebastianfigur gestanden. Die kostbaren Figuren waren sicherlich gut auf ihren Sockeln befestigt worden, sodass der Dieb über entsprechendes Werkzeug verfügen musste, um die Figur vom Untergrund zu lösen. Außerdem hatte er sehr vorsichtig arbeiten müssen, damit das teure Kunstwerk dabei nicht beschädigt wurde. Das kostet Zeit. Wie kann man so eine Aktion durchführen, wenn man permanent damit rechnen muss, dass Touristen oder Gläubige in die Kirche kommen? Eigentlich ging das nur nachts, kombinierte ich weiter. Da Pfarrer Stark die Kirche jedoch über Nacht immer abschloss, gab es nur wenige Möglichkeiten. Entweder es wären Einbruchsspuren an einer der Kirchentüren gefunden worden, aber davon war mir nichts bekannt, oder der Dieb musste im Besitz eines Schlüssels sein. Vielleicht hatte ja Herr Feldberg die Figur gestohlen und sie anschließend teuer verkauft, damit er seine Spielsucht damit finanzieren konnte. Es gab noch eine weitere Möglichkeit: Der Dieb hätte sich unbemerkt in der Kirche einschließen lassen und am nächsten Morgen mit der Beute wieder hinausgehen können. Ich glaubte mich dunkel daran zu erinnern, dass die fehlende Heiligenfigur eine Größe hatte, die man durchaus unter dem Mantel hätte verstecken können. Der Dieb hätte sich zum Beispiel in einem der Beichtstühle in den Seitenaltären verstecken können. Ich konnte mir kaum vorstellen, dass der Pfarrer jeden Abend dort nachsah, bevor er die Kirche absperrte.

»Amen«, riss er mich jetzt aus meinen Gedanken, Michael stimmte ein Lied an.

Wo waren eigentlich meine Bewacher von der Polizei? Inzwischen hatte bestimmt ein Schichtwechsel stattgefunden, wahrscheinlich beobachteten die Personen gerade den Zugang zur Wendeltreppe. Kommissar Scheffel und seine Frau Ruth saßen auch in der Kirchenbank, gleich neben Landrat Punktner mitsamt Gattin. Unser Stadtteil Neustift und vor allem die Gegend um den Lankesberg hatte sich schon seit längerer Zeit zu einem beliebten Wohnort der gehobenen Gesellschaftsschicht in Freising gemausert.

Während die Leute die Kirche verließen, versuchte ich von oben zu erkennen, ob Kommissar Scheffel mit irgendjemandem Blickkontakt aufnahm, aber mir fiel nichts auf. Die Herren arbeiteten offenbar sehr professionell.

Am Abend kam der Kommissar mit Ruth getarnt als Privatmann in die Weinstube. Nachdem die beiden Polizisten von gestern nicht mehr erschienen waren, ging ich davon aus, dass der Kommissar heute selbst Dienst hatte. Ruth hatte offensichtlich auch eine Aufgabe zugeteilt bekommen, denn sie fragte mir Löcher in den Bauch, wie es meiner Tochter und meinen Enkelkindern ging, ob ich sie sehr vermisse und ob ich mir nicht wünschte, dass sie mich öfter besuchten. Sie fragte mich, ob es schwierig sei, so ganz alleine zu leben, und ob ich mir mehr Aufmerksamkeit in der Gesellschaft wünschte.

Wie lange musste ich mir das eigentlich noch anhören? Nein! Ich habe mir die Geschichte mit dem toten Herrn Ammer nicht ausgedacht, um mich wichtig zu machen, tobte ich innerlich. Und ich habe auch Herrn Feldberg nicht umgebracht, nur damit ich den Anschluss an die Chorgemeinschaft nicht verliere! Die ganze Fragerei nervte mich dermaßen, dass ich beschloss, mich unter einem Vorwand mit einem gepflegten Pils so lange in der Küche zu verschanzen, bis das Ehepaar Scheffel die Weinstube wieder verlassen hatte. Gerade, als ich aufstehen wollte, klingelte das Handy von Kommissar Scheffel.

»Was sagen Sie da? Eine männliche Leiche? Ich komme sofort! Ruth, bitte nimm ein Taxi nach Hause, ich muss noch mal dringend weg!«, rief er hastig und verschwand.

Ha! Endlich haben sie Herrn Ammer gefunden, schoss es mir sofort durch den Kopf. Jetzt kann mir niemand mehr nachsagen, dass ich spinne!

Ruth hatte es auf einmal auch sehr eilig, weil sie zu Hause am schnellsten an die neuesten Nachrichten kam. Ich war gespannt auf die morgige Zeitungsausgabe!

8

Um sieben Uhr früh wachte ich auf und lief im Morgenmantel sofort zum Briefkasten. Wieder zurück in meiner Wohnung, setzte ich mich an den Küchentisch und nahm meine Lesebrille zur Hand.

Merkwürdig, auf der ersten Seite des Freisinger Teils stand nichts von einem Toten. War die Nachricht bei der Zeitung etwa zu spät eingegangen? Ich blätterte weiter. Erst auf der übernächsten Seite fand ich, was ich suchte. Es war nur ein kleiner Bericht in einem Kasten am linken Zeitungsrand, in dem stand, dass gestern Abend ein Hundebesitzer während eines Spaziergangs eine männliche Leiche im Wippenhauser Forst entdeckt hatte. Der Mann wurde mit einem Messer im Rücken aufgefunden, der Tod musste laut Gerichtsmediziner bereits am Mittwoch oder Donnerstag eingetreten sein. Über die Identität des Mannes war noch nichts bekannt, aber die Zeitung würde ihre Leser selbstverständlich auf dem Laufenden halten.

Was sollte das heißen, dass die Identität des Mannes nicht bekannt war? Warum verheimlichte die Zeitung den Tod ihres eigenen Mitarbeiters? Oder hatte der Kommissar diese Information noch zurückgehalten? Ich wollte bis halb acht warten und dann versuchen, den Kommissar zu Hause anzurufen, schließlich hatte ich in diesem Fall ein Recht auf Information!

Nachdem ich die Privatnummer von Familie Scheffel gewählt hatte, hob Ruth ab.

»Ach, Maja«, stammelte sie, »mein Mann ist schon weg ...«

»Schon gut, gib her«, murmelte jemand im Hintergrund. Dann sprach Kommissar Scheffel ohne Begrüßung in den Hörer: »Frau Kuckuck, ich weiß genau, was Sie wissen möchten. Ich kann Ihnen mit Bestimmtheit sagen, dass der Tote nicht Herr Ammer ist! Den Ermittlungen der letzen Nacht zufolge handelt es sich mit größter Wahrscheinlichkeit um einen Kriminellen aus Frankfurt, der der Polizei bestens bekannt ist.«

Ich verstand gar nichts mehr, es hätte doch alles genau zusammengepasst! Der Mann hatte ein Messer im Rücken, er war wahrscheinlich seit Donnerstag tot. Könnte es vielleicht sogar sein, dass er der Tote war, den ich in Herrn Ammers Wohnung aufgefunden hatte? Das Gesicht des Mannes war im Teppich vergraben, sodass ich es nicht sehen konnte. Wenn der Tote ungefähr die gleiche Statur wie Herr Ammer und ebenfalls dunkle kurze Haare gehabt hätte, wäre das durchaus möglich gewesen, überlegte ich. Hoffentlich würde die Zeitung morgen ein Foto des Mannes veröffentlichen, das könnte mich einen großen Schritt weiter bringen.

Ich rief Viola an und sprach ihr aufs Band, dass sie mich unbedingt zurückrufen solle. Mal sehen, was sie davon hielt.

»Aber Mama, das hieße ja, dass Herr Ammer noch am Leben sein könnte und dass womöglich er diesen Mann in seiner Wohnung getötet hat.«

»Und weswegen hätte er mich dann dorthin bestellen sollen? Es kann doch nicht seine Absicht gewesen sein, mir eine Leiche in seiner Wohnung zu zeigen, damit wäre der Verdacht doch sofort auf ihn gefallen.«

»Du vergisst, dass die Leiche wieder verschwunden war, als die Polizei dort ankam. Vielleicht hatte er alles haargenau so geplant, wie es eingetroffen ist. Du findest bei geöffneter Haustür die Leiche und hörst ein Geräusch aus einem anderen Raum. Natürlich läufst du in Panik sofort weg, sodass Herr Ammer Zeit hat, die Leiche verschwinden zu lassen. Als die Polizei dort eintrifft, ist kein Toter zu sehen. Die Folge ist, dass dich der Kommissar für eine überdrehte Schnapsdrossel hält, die nicht mehr alle Tassen im Schrank hat. Vielleicht war genau das die Absicht von Herrn Ammer.«

»Aber wofür soll das gut sein?«

»Stell dir vor, du könntest dich plötzlich an die Gestalt aus der Kirche erinnern. Nach dem Vorfall mit der verschwundenen Leiche ist deine Glaubwürdigkeit doch dahin.«

Ich setzte mich mit dem Telefon aufs Sofa. War das alles kompliziert!

»Was hätte Herr Ammer denn davon gehabt, wenn er nicht selbst der Mann aus der Kirche war?«, dachte ich laut nach.

»Wer sagt denn, dass er es nicht war!«

»Aber dann müsste er doch irgendeinen Grund gehabt haben, Herrn Feldberg zu ermorden. Ich sehe da einfach keinen Zusammenhang.«

»Ich auch nicht, aber es gibt schließlich Dinge, von denen wir keine Ahnung haben.«

»Noch nicht, Viola, noch nicht!«

»Also Mama, wenn ich ehrlich bin, frage ich mich die ganze Zeit, ob du zu Hause überhaupt noch sicher bist. Du bist da unfreiwillig in eine Geschichte hineingeraten, in der es jetzt schon zwei Tote gibt. Meinst du nicht, es wäre das Vernünftigste, wenn du solange zu uns kommen würdest, bis die Verbrechen aufgeklärt sind? Andreas sorgt schon dafür, dass in der Weinstube alles läuft.«

»Aber Viola, jetzt wird es doch erst interessant, da kann ich doch nicht wegfahren! Wie du richtig gesagt hast, bin ich nun mal in diese Geschichte hineingezogen worden, jetzt möchte ich auch dabei sein, wenn der Fall gelöst wird.«

»Ach Mama, deine Neugierde ist einfach fürchterlich! Lilli würde dich bestimmt auch in Verona über alle Neuigkeiten informieren, es gibt schließlich Telefone.«

»Aber ich will doch nicht die Allerletzte sein, die erfährt, was hier gespielt wird.«

»Ich geb's auf, sei wenigstens vorsichtig.«

»Keine Sorge, mein Kind, ich habe mir in der Zwischenzeit ein Tränengas und ein Pfefferspray zugelegt, mir kann nichts passieren.«

Viola hatte mich auf eine ganz neue Sichtweise der Dinge gebracht. Herr Ammer könnte tatsächlich noch am Leben sein und die Polizei und mich an der Nase herumführen. Jedenfalls machte es keinen Sinn mehr, weiter darüber zu spekulieren. Zuerst musste ich ein Foto des Toten aus dem Wald sehen.

Ich machte mich auf den Weg zu Lilli, um sie auf den neuesten Stand der Dinge zu bringen.

»Hast du denn überhaupt keine Angst vor diesem Ammer?«, fragte Lilli, nachdem ich ihr von dem ermordeten Kriminellen aus Frankfurt und von dem Drohbrief erzählt hatte.

»Nein, hab ich nicht. Erstens habe ich meine Spraydosen, zweitens passt die Polizei doch auf mich auf.«

»Meinst du, dass jetzt auch einer von denen vor unserer Tür steht?«

»Bestimmt!«

»Das werden wir gleich haben«, meinte Lilli und lehnte sich weit aus dem Fenster des ersten Stocks hinaus.

»Da ist weit und breit niemand zu sehen!«

»Wahrscheinlich sitzen sie in einem geparkten Auto«, vermutete ich. »Außerdem glaube ich nicht, dass mir Herr Ammer nach dem Leben trachtet, jedenfalls nicht, solange ich mich nicht an den Mann aus der Kirche erinnern kann. Wenn er mich umbringen wollte, hätte er am Dienstagnachmittag in der Weinstube die beste Gelegenheit dazu gehabt.«

»Hoffentlich hast du Recht.«

»Seit wann sind Gabi und Berthold eigentlich wieder zusammen?«, wollte ich von Lilli wissen.

»Seit ein paar Tagen, genau weiß ich es auch nicht. Berthold soll übrigens rasend eifersüchtig sein. Robert sagt, dass sich kein männlicher Kollege im Lehrerzimmer neben Gabi setzen will, weil Berthold sonst sofort böse Blicke verteilt.«

»Ist ja interessant. So gesehen könnte man Berthold auch ein Motiv für den Mord an Herrn Feldberg unterstellen.«

»Da kannst du aber gleich dem halben Chor ein Motiv andichten. Nimm zum Beispiel Hans, dem kommt der Tod von

Herrn Feldberg doch sehr gelegen. Und allen anderen auch, die schreckliche Angst hatten, dass sie bei einem Vorsingen ausgemustert werden könnten.«

Ich zuckte innerlich zusammen, meinte aber sofort: »Das ist doch Quatsch, Lilli! Es ist sicherlich ganz fürchterlich, wenn man aus dem Chor rausgeworfen wird, aber deshalb bringt man den Chorleiter doch nicht gleich um!«

»Wenn man normal ist, nicht. Möchtest du zum Essen bleiben, es gibt Pfannkuchen.«

»Nein danke, ich will mich noch ein bisschen hinlegen, die letzte Nacht war ziemlich kurz. Ich ruf dich wieder an, wenn es etwas Neues gibt.« Ich verabschiedete mich von Lilli und ging nach Hause.

»Und dann bin ich einfach zu ihm hingegangen und habe ihn geküsst«, schluchzte Sabine am Abend in der Weinstube, »aber er hat mich weggestoßen und gesagt, dass ich mir solche Schwachheiten aus dem Kopf schlagen soll.«

»Aber Sabine, das hättest du dir doch denken können, dass das schief geht! Du kannst dich doch nicht einfach an deinen schwulen Chef ranschmeißen und darauf spekulieren, dass er sich nicht wehrt.«

Sabine holte ein Tempo aus ihrer Tasche und wischte sich die Tränen aus dem Gesicht. Schade, dass ihre Nase so überdimensional groß war, dachte ich jedes Mal, wenn ich sie länger betrachtete, ansonsten wäre sie ganz hübsch mit ihren langen, dunkelblonden Haaren.

»Ich habe alles falsch gemacht, dabei weiß ich genau, dass er bei diesem Francesco sowieso keine Chance hat!«, jammerte sie vor sich hin.

»Bei welchem Francesco?«

»Na der, der im Café Luitpold bedient. Doktor Hausmann geht jeden Tag nach Praxisschluss dorthin und trinkt ein oder zwei Weißbier. Dabei schaut er unentwegt diesen geschminkten Schönling an, bei dessen Anblick einem schlecht werden kann.«

»Woher weißt du denn das? Schleichst du ihm etwa heimlich hinterher?«

Sabines Gesicht lief rot an, sie starrte auf den Boden.

»Ich will doch nur wissen, ob er einen Freund hat oder nicht.«

»Ach Kindchen, von mir aus kannst du ihm hinterher spionieren, solange du willst, aber das bringt doch nichts! Warum suchst du dir nicht einen netten jungen Mann, der zu dir passt! Wie wäre es denn mit Michael, soweit ich weiß, hat er keine Freundin.«

»Dieser Langweiler? Der hat doch nicht im Entferntesten die Ausstrahlung von Doktor Hausmann!«

Dem Mädchen war einfach nicht zu helfen, gegen Sturheit war kein Kraut gewachsen.

Die Weinstube war gut besucht an diesem Abend, ich wanderte von Tisch zu Tisch, um mit ein paar Gästen zu plaudern. Da schnappte ich auf, dass ein Stammgast in einem Münchner Café zufällig auf eine grandiose Bilderausstellung eines viel versprechenden jungen Künstlers gestoßen war und dass er eines der Bilder spontan gekauft hatte.

Mir kam eine Idee. Ich ging zu Andreas hinter den Tresen.

»Was hältst du davon, wenn wir einem jungen Künstler die Chance gäben, seine Bilder bei uns in der Weinstube auszustellen?«

»Grundsätzlich finde ich die Idee nicht schlecht, aber ich fürchte, dass unsere Beleuchtung dafür nicht ausreicht«, meinte Andreas.

Das Haus, in dem sich die Weinstube befindet und in dem ich seit dreißig Jahren wohne, ist gut hundert Jahre alt. Ich habe es von meinen Großeltern geerbt, die in den Räumen der Weinstube schon damals eine Wirtschaft hatten. Obwohl ich vor fünfzehn Jahren alles komplett sanieren und umgestalten ließ, blieb der urige Charakter der hohen, teils stuckverzierten und ineinander verschachtelten Räume erhalten. Ich hatte bei der Renovierung sehr viel Wert darauf gelegt, das spelunkenartige Dämmerlicht mit Hilfe von hellen Wänden aus der Weinstube zu vertreiben und ein freundlicheres

Ambiente zu schaffen, was mir auch gelungen ist. Die Beleuchtung ist allerdings auf die Tische und nicht auf die Wände ausgerichtet, insofern hatte Andreas Recht, dass die Weinstube für eine Bilderausstellung nicht ganz ideal war. Man könnte Strahler aufstellen. Die Idee nahm in meinem Kopf immer mehr Gestalt an. Ich beschloss, mich am nächsten Tag beim Oberbürgermeister nach jungen Künstlern in unserer Stadt zu erkundigen.

9

Der Bericht über den Toten aus dem Wald war mitsamt Foto auf der ersten Seite des Freisinger Lokalteils platziert. Es handelte sich bei dem Mann um einen gewissen Achim Rottenkolber, der bereits mehrmals wegen Diebstahls und Körperverletzung im Gefängnis gesessen hatte. Der Mann war in Frankfurt gemeldet, die Polizei prüfte derzeit, ob Achim Rottenkolber zu Bewohnern unserer Stadt Kontakte hatte.

Ich sah mir das Polizeifoto des Mannes genau an. Er war um die vierzig, hatte wie Herr Ammer kurze dunkle Haare, dem Gesicht nach dürfte er ebenfalls schlank gewesen sein. Es wäre also durchaus möglich gewesen, dass ich den toten Achim Rottenkolber für Herrn Ammer gehalten hatte. Wie konnte ich nur mehr über diesen Rottenkolber erfahren? Wenn er schon einige Male wegen Diebstahls und Körperverletzung verurteilt wurde, musste doch irgendetwas darüber in den Zeitungen gestanden haben. Ich setzte mich an den Computer und gab über ein Suchprogramm im Internet den Namen Achim Rottenkolber ein, aber es wurde kein Eintrag zu diesem Namen gefunden. Da er in Frankfurt gemeldet war, klickte ich mich auf gut Glück in die Seiten der dortigen Zeitungen ein. Nach einer Stunde Suche hatte ich endlich doch noch Informationen über Achim Rottenkolber herausfinden können, die meinen Puls schlagartig beschleunigten: Er hatte zweimal im Gefängnis gesessen, weil er mehrere antike Heiligenfiguren sowohl aus privatem wie auch aus kirchlichem Besitz gestohlen hatte. Weitere drei Diebstähle dieser Art konnten ihm nicht zweifelsfrei nachgewiesen werden, aufgrund dessen war es nicht zu einer Verurteilung gekommen, obwohl die Polizei davon ausging, dass er der Täter war. Es war also äußerst nahe liegend, dass Achim Rottenkolber etwas mit der gestohlenen Sebastianfigur zu tun hatte. Vielleicht hatte er im Auftrag des besessenen Sammlers gearbeitet, von dem mir Herr Ammer erzählt hatte, und bei der Abrechnung waren sich die beiden nicht einig geworden.

Sehr interessant, dachte ich, es tauchten immer mehr Glieder der Kette auf, aber die entscheidenden Teile fehlten noch.

Ich ging zum Telefon, um meine Nachforschungen in eine andere Richtung zu steuern.

»Rathaus, wohin darf ich Sie verbinden?«, fragte eine freundliche Frau am anderen Ende der Leitung.

»Guten Tag, mein Name ist Kuckuck, ich hätte gerne den Oberbürgermeister gesprochen«, bat ich höflich.

»Einen Moment bitte«, antwortete die Stimme und verlegte mich in eine Warteleitung mit Musik. Das hatte ich mir schwieriger vorgestellt, dachte ich erfreut und wunderte mich, dass es so leicht war, mit dem OB Kontakt aufzunehmen.

»Fleischmann!«, unterbrach eine weibliche Stimme abrupt die fließende Musik.

»Guten Tag, mein Name ist Maja Kuckuck, ich hätte gerne den Oberbürgermeister gesprochen«, wiederholte ich brav mein Sprüchlein.

»In welcher Angelegenheit?«, keifte die Stimme zurück.

»Das möchte ich dem Oberbürgermeister gerne selbst sagen!« Auch ich änderte meinen freundlichen Tonfall.

»Der Oberbürgermeister kann im Moment nicht gestört werden. Wenn Sie mir sagen, um was es geht, kann ich mit Ihnen vielleicht einen Termin für ein persönliches Gespräch vereinbaren.«

»Es ist privat.«

»Das kann jeder sagen!«

»Na schön, es handelt sich um Kunst.«

»Geht's vielleicht etwas genauer?«

»Nein! Sagen Sie mir jetzt endlich, wann ich einen Termin bekommen kann!« Mir riss allmählich der Geduldsfaden. Will ich vielleicht mit dem Bayerischen Ministerpräsidenten sprechen oder mit dem gewöhnlichen Oberbürgermeister einer gewöhnlichen Kleinstadt!

»Frühestens in drei Wochen«, machte mir der Vorzimmerdrache ein gnädiges Angebot.

»In drei Wochen?«, wiederholte ich, um sicher zu gehen, dass ich mich nicht verhört hatte.

»Wenn Ihnen das zu lange dauert, kann ich Sie ja mit der Kulturreferentin von Freising verbinden.«

»Wie viele Wochen muss ich bei der warten?«, giftete ich zurück.

»Ich verbinde Sie jetzt«, war das Letzte, was ich von dieser Gewitterziege hörte. Kurz darauf befand ich mich wieder in der Warteleitung.

»Doris Winter?«, meldete sich eine Frauenstimme.

»Guten Tag, ich möchte mit der Kulturreferentin sprechen«, sagte ich ziemlich unfreundlich.

»Was hat sie denn angestellt?«

»Bitte?«

»Ich bin die Kulturreferentin. Ich frage mich, warum Sie in so einem Ton nach mir verlangen?«

»Oh, das tut mir Leid, ich dachte, ich hätte mit dem nächsten Drachen zu kämpfen.«

»Ach, Frau Fleischmann hat Sie zu mir verbunden! Nein, Sie haben Glück, ich speie heute kein Feuer.«

Ich war etwas irritiert. Mit Humor am anderen Ende der Leitung hatte ich nicht gerechnet.

»Hallo, sind Sie noch dran?«, fragte Doris Winter.

»Entschuldigen Sie, ich habe mich noch gar nicht vorgestellt, mein Name ist Maja Kuckuck!«

»Sind Sie etwa die Wirtin von dieser Weinstube? Ach, bei Ihnen wollte ich schon lange einmal reinschauen, wissen Sie, ich bin nämlich erst vor zwei Monaten nach Freising gezogen. Ich kenne mich noch gar nicht aus, wo man am Abend hier so hingeht.«

»Kommen Sie doch einfach vorbei, dann können wir uns gleich an Ort und Stelle unterhalten! Ich trage mich nämlich mit dem Gedanken, in den Räumen der Weinstube eine Bilderausstellung zu machen, deswegen suche ich fachmännischen Rat.«

»Passt es Ihnen heute Abend, Frau Kuckuck?«

»Sehr gerne, Frau Winter!«

Wer weiß, wozu das gut war, überlegte ich im Nachhinein. Womöglich war von dieser gesprächigen Frau Winter viel mehr zu erfahren als vom Oberbürgermeister selbst.

Was war ich gut bei Stimme an diesem Dienstagabend! Ich hatte mir einen Konzertmitschnitt unseres Chores vom letzten Jahr aufgelegt und sang aus Leibeskräften mit: »Ky-ri-e e-le-i-son, e-le-eee-eee-eeeeeee-i-son, e-lee-ii-son!« Das Requiem von Mozart war eines meiner Bravourstücke. Ich dachte mit Wehmut an die Sternstunden zurück, die unser Chor zusammen mit Herrn Buchbinder erleben durfte. Was waren das für herrliche Zeiten gewesen! Ich sang weiter und räumte die frisch gebügelte Wäsche in den Schrank. Anschließend nahm ich meine beiden Abfalltüten und machte mich auf den Weg zu den Mülltonnen im Hinterhof. Das Treppenhaus hatte eine phantastische Akustik, da ich die Wohnungstür offen gelassen hatte, konnte ich weiter zu Mozarts Requiem trällern. Ich trat durch die Tür zum Hinterhof hinaus in die Nacht. Obwohl es erst sieben Uhr war, war es um diese Jahreszeit stockfinster. Gerade, als ich die Biotonne öffnen wollte, schlang mir plötzlich jemand von hinten einen Arm um die Kehle und bohrte mir mit einem spitzen Gegenstand in den Hals.

»Wenn du schreist, steche ich zu!«, flüsterte eine Stimme direkt in mein Ohr.

Ich hatte Todesangst und war wie gelähmt.

»Wen hast du in der Kirche gesehen?«, fragte die Gestalt nervös im Flüsterton, dabei wurde der Schmerz von dem spitzen Gegenstand an meinem Hals stärker.

»Na los, sag schon!«, rüttelte mich der Angreifer ungeduldig und drückte den Würgegriff noch fester zu. Ich spürte, wie etwas Großes, Hartes auf meine Kehle drückte und bekam kaum noch Luft.

»Ich weiß es nicht«, japste ich atemlos, »ich weiß es wirklich nicht!«

»Denk nach!«, forderte die Flüsterstimme unerbittlich. Ich merkte, dass mir gleich vor Angst und Atemnot die Beine wegsacken würden.

»Es war so dunkel …«, sagte ich noch, dann verlor ich kurz bei vollem Bewusstsein die Kontrolle über meinen Körper. Der Angreifer ließ mich fallen und verschwand.

Ich lag auf dem nassen Boden und hatte kalten Schweiß auf der Stirn. Nach ein paar kräftigen Atemzügen kehrte mein Körpergefühl wieder zurück, ich versuchte aufzustehen. Mit wackligen Beinen und Schmerzen am Hals und in den Knien hangelte ich mich langsam am Treppengeländer zurück in meine Wohnung. Nachdem ich die Tür hinter mir geschlossen hatte, ließ ich mich erschöpft auf das Sofa fallen. Ich musste die Polizei anrufen, das war ein Überfall! Aber bevor Kommissar Scheffel hier aufkreuzte, brauchte ich erst einmal etwas zur Beruhigung. Ich stand auf und holte mir einen Grappa. Als ich wieder auf dem Sofa saß und gerade den zweiten Grappa zu mir nehmen wollte, öffnete sich plötzlich meine Wohnungstür, und hastige Schritte liefen die Treppen hinunter. Hilfe! Er war in meiner Wohnung gewesen, und ich hatte nichts davon bemerkt! Wo waren meine Spraydosen? Ich ging mit rasendem Puls in den Flur und nahm das Tränengas aus meiner Handtasche. So bewaffnet suchte ich Zimmer für Zimmer meiner Wohnung ab, bis ich sicher war, dass außer mir niemand mehr hier war. Als ich im Bad vor dem großen Spiegel stand, blickte ich erschrocken auf meinen Hals. Auf der rechten Seite war ein kleiner Einschnitt zu sehen, der immer noch blutete, und direkt auf dem Kehlkopf hatte ich einen großen, runden Abdruck mit einem kleinen, zackigen Rechteck am Rand.

Ich säuberte die Wunde und war mir sicher, dass der Einschnitt von einem spitzen Messer verursacht worden war. Nachdem ich die Wunde mit einem Klammerpflaster versorgt hatte, sah ich mir den runden Abdruck in der Mitte meines Halses genauer an. Er stammte offenbar von einer Uhr, die der Angreifer innen am Handgelenk trug. Dass meine Knie bluteten und meine Strumpfhose zerrissen war, bemerkte ich erst jetzt.

Ich würde wohl in den nächsten Tagen Hosen tragen müssen, begann ich mit praktischen Überlegungen und war froh, dass sich meine Psyche langsam wieder erholte.

Sollte ich tatsächlich die Polizei verständigen? Am Ende würde mir der Kommissar noch unterstellen, dass ich mir die Verletzungen selber beigebracht hatte, um wieder ein wenig Aufmerksamkeit zu ergattern. Nein, darauf hatte ich wirklich keine Lust mehr! Also würde ich diesen kleinen Überfall besser für mich behalten und meinen Müll in Zukunft eben bewaffnet entsorgen. Der Hinterhof war zur Nebenstraße hin offen. Es könnte sich sowieso jede Art von Gesindel darin herumtreiben. Ich musste besser aufpassen! Ob das Herr Ammer war, der mich gerade überfallen hatte? Solange ich mich nicht an die Gestalt aus der Kirche erinnern konnte, schien mir jedenfalls nichts Schlimmeres zu passieren. Die Tatsache, dass auf dem kleinen Parkplatz gegenüber der Weinstube bestimmt eine Polizeistreife im Auto saß, die mich im Auge behalten sollte, amüsierte mich fast. Ob dieser Scheffel und seine Leute schon jemals einen Mord aufgeklärt hatten? Ich wollte Ruth beim nächsten Chorstammtisch vor allen Leuten danach fragen.

Ich hatte mir eine schwarze Hose und einen weit ausgeschnittenen schwarzen Pullover angezogen. Dazu trug ich ein buntes Seidentuch, das ich breit um den Hals gewickelt hatte, sodass die Spuren des Überfalls nicht zu sehen waren. Es war kurz vor acht Uhr, als ich die Weinstube betrat. Andreas hatte Joseph und Michael in den Weinkeller geschickt, damit sie die frisch eingetroffenen Flaschen, die ich bei Herrn Kofer bestellt hatte, in die Regale räumten.

»Kennst du die neue Kulturreferentin von Freising, eine gewisse Doris Winter?«, fragte ich Andreas.

»Nein, von der habe ich noch nie etwas gehört, wieso fragst du?«

»Weil sie heute Abend hierher kommt und sich die Weinstube ansieht. Ich habe sie angerufen und um Rat gebeten, ob wir hier eine Bilderausstellung veranstalten können oder nicht.«

»Dieses Thema lässt dich wohl nicht mehr los, wie? Also nötig haben wir das nicht, die Weinstube läuft bestens. Aber ich verstehe schon, du willst mit der Zeit gehen«, meinte Andreas mit einem verschmitzten Lächeln.

Joseph und Michael kamen mit ein paar Weinflaschen in den Händen aus dem Keller und füllten den Kühlschrank neben dem Tresen auf. Während sie vorsichtig die Flaschen in die Fächer legten, fiel mein Blick auf Michaels Arm. Nein, das kann doch nicht wahr sein! Michael trug seine große, runde Armbanduhr an der Innenseite seines Handgelenks! Ich schüttelte den Gedanken sofort wieder ab, der mir kurz in den Sinn kam. Es gab bestimmt viele Menschen, die ihre Uhr auf diese Art trugen. Trotzdem blieb ein mulmiges Gefühl in meiner Magengegend zurück. Übermorgen würde er mir in der verschlossenen Kirche ein privates Orgelkonzert geben. Sollte ich nicht lieber jemanden mitnehmen, zum Beispiel Lilli? Ich wollte sie gleich morgen früh fragen.

Gegen neun Uhr erschien eine dunkelhaarige Frau in der Weinstube und steuerte geradewegs auf den Tresen zu, hinter dem ich stand.

»Hallo, Sie müssen Frau Kuckuck sein! Ich bin Doris Winter!«, sagte sie direkt und reichte mir die Hand. Sie hatte ungefähr mein Alter, war jedoch etwas dicker als ich, außerdem war sie stark, aber gut geschminkt.

»Schön, dass Sie gekommen sind!«, begrüßte ich Frau Winter und dirigierte sie an einen Tisch, von dem aus man einen guten Blick über den zentralen Raum der Weinstube hat.

»Hübsch haben Sie es hier! Schön hell und freundlich und sehr gemütlich.«

»Es freut mich, dass es Ihnen gefällt. Was möchten Sie trinken, ich darf Sie doch auf ein Gläschen einladen?«, fragte ich höflich.

»O ja, sehr gerne!«

»Weiß oder rot?«

»Rot«, sagte sie bestimmt. Ich ging in den Weinkeller und

überlegte, was ich mit Frau Winter trinken sollte. Nach allem, was ich heute erlebt hatte, wollte ich mir zum Abschluss des Tages noch etwas gönnen und griff zu einem 93er Vino Nobile di Montepulciano.

»Oh, là, là!«, rief sie spontan, als ich mit der Flasche an unseren Tisch zurückkehrte. Sie wusste offenbar einen guten Tropfen zu schätzen, das machte sie mir sympathisch. Andreas kam mit zwei Gläsern und einer Karaffe, um den Wein zu dekantieren.

»Sie möchten also Bilder hier drinnen ausstellen. An was für Bilder haben Sie denn dabei gedacht?«

»Nun ja, darüber wollte ich mit Ihnen sprechen. Vielleicht kennen Sie junge Künstler, denen man auf diese Art und Weise etwas unter die Arme greifen könnte.«

»Oh, da gibt es einige, die für so eine Chance äußerst dankbar wären. Ich bin zwar erst seit zwei Monaten Kulturreferentin in Freising, aber ich wurde bereits von mehreren Malern und Bildhauern gefragt, ob ich in dieser Richtung nicht etwas für sie tun könnte. Leider ließ das künstlerische Niveau der Kandidaten in den meisten Fällen zu wünschen übrig.«

»Also schämen möchte ich mich natürlich nicht für die Bilder, die ich aufhänge«, stellte ich sofort klar. »Allerdings muss ich gestehen, dass ich persönlich von Malerei nicht viel Ahnung habe, deshalb wäre ich Ihnen sehr dankbar, wenn Sie mich in dieser Sache beraten würden.«

»Es gibt einen jungen Künstler, der einen sehr eigenwilligen und extravaganten Stil hat. Die Geschmäcker sind zwar verschieden, aber ich finde, dieser Mann hat etwas Aufmerksamkeit verdient. Er bedient übrigens im Café Luitpold, sein Name ist Francesco Novi.«

»Ach, sieh mal an, die Welt ist klein. Von dem habe ich auch schon gehört, allerdings in einem anderem Zusammenhang.«

Doris Winter roch mit sichtlichem Wohlgefallen an ihrem Glas Vino Nobile.

»Er ist noch ein bisschen kalt, aber man kann ihn schon

trinken«, folgte ich der indirekten Aufforderung Frau Winters, endlich einen Schluck davon zu nehmen.

»Wunderbar!«, schwärmte sie, nachdem sie großzügig davon getrunken hatte und den langen Abgang des Weines mit übertriebenen Mundbewegungen genossen hatte.

»Führen Sie die Weinstube alleine?«, fragte sie mich, was wohl heißen sollte, ob ich verheiratet war.

»Ja, ich habe keinen Mann abgekriegt«, sagte ich staubtrocken.

Sie fing herzhaft an zu lachen und meinte: »Ich habe zwei abgekriegt, es waren genau zwei zu viel!«

Sie lachte so laut, dass mehrere Gäste verwundert zu uns herüberblickten. Dann fing sie an, mir diverse Anekdoten über ihre verflossenen Ehemänner zu erzählen. Je später der Abend, desto redseliger wurde sie. Sie hatte einen siebenundzwanzigjährigen Sohn aus erster Ehe, der Ägyptologie studiert hatte, aber bis jetzt leider keinen adäquaten Job gefunden hatte. Ich erzählte ihr von Viola, meinen Enkelkindern und sogar von Salvatore.

»Lass uns doch aufhören mit diesem albernen Siezen, ich bin Doris«, meinte sie auf einmal ganz unkompliziert.

»Und ich heiße Maja! Jetzt lasse ich uns noch ein Fläschchen kommen.«

Ich fühlte mich ausgesprochen wohl in Gesellschaft dieser Frau. Sie war mir irgendwie ähnlich. Vor lauter Männer- und Familiengeschichten hatte ich allerdings ganz vergessen, Doris über OB Bergnagel auszufragen. Ich versuchte das Thema noch einmal in Richtung Kunst zu lenken.

»Weißt du, eigentlich habe ich es nur diesem Giftzwerg aus dem Rathaus zu verdanken, dass ich bei dir gelandet bin. Ursprünglich wollte ich den Oberbürgermeister fragen, ob er mir einen jungen Künstler unserer Stadt empfehlen kann. Man liest doch immer in der Zeitung, dass er sich auf diesem Gebiet sehr einsetzt!«

»Oh, er ist sehr kunstinteressiert, das stimmt schon. Aber sein Interesse beschränkt sich mehr auf die Künstler, die ihren Weg bereits gemacht haben. Er sieht seinen Namen gerne im Zusammenhang mit großen Malern und Kunstprofessoren in den Zeitungen stehen. Dafür schreckt er auch nicht vor dubiosen Sponsoren zurück.«

»Wieso dubios?«

»Normalerweise möchten Sponsoren doch aus Werbegründen im Programmheft oder auf dem Plakat genannt werden. Aber der Bürgermeister sitzt an irgendwelchen Geldquellen, die anonym bleiben wollen. Als Gegenleistung für deren großzügige Spenden engagiert er sich hin und wieder dafür, sehr namhafte Experten nach Freising zu holen. Diese Experten referieren dann über die abgefahrensten Themen. Dass diese Themen allerdings auf das Interesse der breiten Öffentlichkeit stoßen, wage ich zu bezweifeln. Mir scheint es eher so, als würde der Bürgermeister dem ein oder anderen anonymen Sponsor dadurch einen persönlichen Gefallen erweisen, damit die Gelder zur Unterstützung des Freisinger Kulturlebens auch weiterhin fließen.«

»Woher weißt du das alles, wenn du erst seit zwei Monaten hier bist?«

»Weil ich mich natürlich vor Antritt dieser Stelle eingehend mit der Kulturlandschaft von Freising auseinander gesetzt habe. Leider ist dieser Kirchenmusiker, Herr Buchbinder, nicht mehr hier. Neben den beliebten Domkonzerten hat er durch seine hochkarätigen Aufführungen in St. Peter und Paul einen großen Beitrag zum beachtlichen Konzertangebot in Freising geleistet.«

»Wem sagst du das! Ich bin seit dreißig Jahren die Stütze des Alts im Kirchenchor von St. Peter und Paul. Ich weiß, was wir mit Herrn Buchbinder geleistet haben.«

»Was, du singst im Kirchenchor? Ich kenne bereits einen Mitsänger von dir, Herrn Hans Roiderer, den Inhaber der Möbelfabrik. Er gehört zu den Sponsoren, die genannt werden wollen.«

»Hans? Ich wusste gar nicht, dass er auch für die bildende Kunst ein Faible hat.«

»Vielleicht nutzt er dieses Forum auch nur zu Werbezwecken. Wie gesagt, er ist einer der Sponsoren, die ihren Namen groß und breit im Programmheft sehen wollen. Das ist ja übrigens eine üble Geschichte, die mit dem Nachfolger von Herrn Buchbinder passiert ist.«

»Weißt du, dass ich ihn gefunden habe?«

Da ich inzwischen mein gewöhnliches Quantum Wein weit überschritten hatte, konnte ich meine Zunge nicht mehr im Zaum halten und erzählte Doris die ganze Geschichte von A bis Z. Ich fing bei Herrn Feldberg an, erzählte von Herrn Ammer und von dem Toten in dessen Wohnung und endete mit dem Überfall von heute Abend, wobei ich auch Michael und dessen Uhr erwähnte. Dann öffnete ich diskret mein Halstuch und zeigte ihr meine Verletzung.

»Mensch, ist das aufregend!«, rief Doris. »Und dieser Michael«, flüsterte sie hinter vorgehaltener Hand, »der trägt seine Uhr tatsächlich innen? Wo ist er denn?«

»Er ist in der Küche! Weißt du was, komm doch am Donnerstagabend mit in die Kirche, ich wollte da sowieso nicht alleine hingehen.«

»Klar komme ich mit! Und ich versuche inzwischen herauszufinden, wer in dieser Stadt antike Heiligenfiguren sammelt.«

Beschwingt wackelte ich gegen halb zwei Uhr in meine Wohnung und fiel kurz darauf in einen tiefen Schlaf.

10

Wo waren meine Kopfschmerztabletten? Mit brummendem Schädel wühlte ich am Mittwochvormittag in meiner Medikamentenkiste. Wie kann man sich nur so zurichten? Ich dachte an meine neue Freundin Doris Winter und fragte mich, ob sie sich wohl in einem ähnlichen Zustand befand.

Nachdem ich die Tabletten endlich gefunden und zwei davon geschluckt hatte, legte ich mich wieder zurück in mein Bett. Es war ein ausgesprochen netter und lustiger Abend mit Doris gewesen, ich hatte mich selten auf Anhieb mit jemandem so gut verstanden. Aber war es richtig gewesen, ihr gleich die ganze Geschichte um Herrn Feldberg und Herrn Ammer zu erzählen? Doris war mir unglaublich sympathisch, aber genau genommen kannte ich sie doch kaum! Theoretisch könnte sie sogar eine Freundin von Herrn Ammer sein, die beiden waren sich beruflich sicher schon öfter begegnet. Warum hatte ich sie bloß nicht gefragt, ob sie ihn persönlich kannte?

Ach was, dieser ganze Fall führte langsam dazu, dass ich gegen die nettesten Menschen ein völlig unbegründetes Misstrauen hegte. Ich musste allmählich aufpassen, dass mir mein gesunder Menschenverstand nicht abhanden kam.

Da klingelte das Telefon.

»Hallo, Mama, was gibt es Neues?«

»Guten Morgen, mein Kind, ich bin mit Kopfschmerzen aufgewacht, aber sonst geht es mir gut. Stell dir vor, ich habe eine neue Freundin«, begann ich und erzählte Viola von Doris.

»Das klingt ja sehr nett. Und was tut sich in punkto Verbrechensbekämpfung?«

Ich berichtete Viola über Achim Rottenkolber. Den Überfall bei den Mülltonnen verschwieg ich natürlich.

»Vielleicht hast du tatsächlich den toten Rottenkolber bei

Herrn Ammer gesehen. Die Sache wird immer komplizierter, ich frage mich ernsthaft, ob dieser Kommissar Scheffel mit seinen Leuten in der Lage ist, den Fall jemals aufzuklären.«

»Natürlich, mein Kind, aber so etwas geht eben nicht von heute auf morgen. Was machen die Zwillinge?«

»Denen geht's gut. Aber weißt du was, Salvatore wird mich bald fragen, ob ich nicht doch arbeiten gehen will! Stell dir vor, die Frau seines besten Freundes Mario ist ein paar Monate lang fremdgegangen, ohne dass es jemand bemerkt hatte. Am Freitag kam Mario zufällig früher nach Hause, und da hat er seine Frau in flagranti mit einem anderen ertappt. Und was glaubst du, was Marios Frau gesagt hat? Sie tue das nur, weil sie nicht wisse, was sie den ganzen Tag über machen solle. Seitdem läuten bei Salvatore sämtliche Alarmglocken!«

»Dann könntest du ihm jetzt ja sagen, dass dir eine Stelle an der Sprachschule angeboten wurde!«

»Ja, ja, Mama, aber doch nicht gleich, wir lassen ihn noch ein bisschen zappeln! Hihi, du solltest sehen, wie ihn die Sache beunruhigt! Am Montag hat er mir einen riesigen Stapel Kreuzworträtsel mitgebracht, gestern kam er mit einer Packung Tonerde und einer Anleitung zum Töpfern nach Hause. Ist er nicht süß?«

Ich mischte mich nicht weiter in die Ehe meiner Tochter ein, Viola würde es schon richtig machen.

Schwerfällig ging ich ins Bad und nahm eine heiße Dusche. Dann zog ich mich an und machte mich auf den Weg in die Untere Hauptstraße zum Café Luitpold. Das Café gibt es schon sehr lange, nur die Pächter wechseln ab und an. Ich sog den Sauerstoff aus der kühlen, nebligen Luft und versuchte, das Brummen in meinem Kopf zu ignorieren. In der General-von-Nagel-Straße scheuchte mich ein unfreundlicher Stadtbusfahrer hupend an den Straßenrand, sodass ich stolperte und mich gerade noch auf den Beinen halten konnte.

Als ich das Café betrat, wunderte ich mich, wie gut besucht es um diese Uhrzeit war. Für die meisten Menschen war die Frühstückszeit längst vorbei, zum Mittagessen war es um elf Uhr eigentlich noch zu früh.

Beim näheren Hinsehen stellte ich fest, dass das Publikum in erster Linie aus Studenten bestand, die über Fachliteratur gebeugt einen Milchkaffee schlürften oder sich in kleinen Grüppchen über irgendwelche Dozenten ereiferten. Wie lange war ich nicht mehr hier gewesen? Ich glaube, ich hatte im letzten Sommer mit Lilli einen Eiskaffee an einem der kleinen Tische draußen getrunken, aber dass ich im Café drinnen war, musste Jahre her sein. Im Innenbereich hatte sich allerdings nicht viel geändert. Das Café Luitpold bot nach wie vor eine bunte Mischung aus allem. Der vordere Bereich hatte einen eher Café-ähnlichen Charakter, im mittleren Bereich befand sich ein langer Tresen, an dem sich im Laufe des Tages immer mehr Weißbiertrinker einfanden, und der fensterlose hintere Bereich bediente die Fußballfans mit einem großen Fernseher und Pay-TV-Anschluss.

Ich ließ mich an einem freien Tisch im vorderen Bereich nieder und sah mich nach den Bedienungen um. Wo war nun dieser Francesco, ich konnte nur junge Frauen entdecken, die hier arbeiteten. Auf einer großen Tafel an der Wand standen die vielerlei Crêpes-Spezialitäten, für die das Café Luitpold bekannt war. Beim Gedanken an süße Crêpes drehte sich mir der Magen um, ich griff nach der Karte, um etwas zu finden, was mein Magen akzeptieren würde. Eine freundliche Bedienung stand schließlich vor mir, um meine Bestellung entgegenzunehmen. Ich entschied mich für ein herzhaftes Frühstück mit einer großen Portion Kaffee. Kurze Zeit später kam die junge Frau mit dem Kaffee zurück. Ich fragte sie nach Francesco.

»Der fängt erst um zwölf Uhr an«, meinte sie und verschwand wieder. Dann würde ich eben eine Stunde warten.

Die Rühreier mit Speck taten meinem Körper gut, ich kippte noch einen halben Liter Mineralwasser hinterher, um meinen Flüssigkeitshaushalt wieder auszugleichen.

Nach dem Verzehr des reichhaltigen Frühstücks schnappte ich mir eine Frauenzeitschrift, die im Lesezirkel auslag. Ich musste feststellen, dass ich zu dick war, dass ich mich falsch ernährte und dass ich zu wenig für meine Haut tat. Außerdem hatte ich nicht die richtige Schminktechnik, meine Frisur war ein Relikt aus dem letzten Jahrhundert. Völlig frustriert blickte ich nach einiger Zeit auf die Uhr, es war fünf vor zwölf. Ich legte die Zeitschrift beiseite und überlegte, ob ich meinen Frisör wechseln sollte.

Da öffnete sich die Tür, eine bildschöne Gestalt kam herein. Der junge Mann hatte seine schulterlangen, schwarzen Haare zu einem strengen Zopf zusammengebunden, wodurch seine feinen Züge und die geschwungene Nase erst richtig zur Geltung kamen. Seine Gesichtshaut schimmerte so unnatürlich seidig, dass man sofort sah, dass er Make-up und Puder aufgetragen hatte. Außerdem hatte er die mandelförmigen, dunklen Augen mit einem grauen Kajal umrahmt. Man musste wirklich zweimal hinsehen, um zu erkennen, ob es sich um Männlein oder Weiblein handelte. Er verschwand kurz hinter einer Tür und kam dann ohne Mantel wieder zurück. Seine schwarze Hose saß hauteng, dazu trug er ein lockeres, schwarz glänzendes Hemd, das er weit aufgeknöpft hatte. Irgendwie erinnerte er mich an einen spanischen Flamencotänzer, oder doch eher an eine Flamencotänzerin? Jedenfalls strafte er seine gesamte Umgebung mit Ignoranz und demonstrierte sowohl durch Körperhaltung als auch durch seinen überheblichen Gesichtsausdruck, dass er eigentlich zu etwas Besserem berufen war, als hier zu bedienen. Obwohl dieses Bürschchen weiß Gott nicht auf meiner erotischen Wellenlänge lag, strahlte er etwas aus, das mich in seinen Bann zog. Die Art und Weise, wie er sich bewegte und wie er mit großen, fast einstudiert wirkenden Gesten sprach, vermittelte den Eindruck, er agiere als Star auf einer großen Bühne. Kein Wunder, dass ihm Doktor Hausmann verfallen war.

Francesco würdigte mich keines Blickes, sodass ich auch keine Möglichkeit hatte, ihn an meinen Tisch zu winken. Ich sagte der jungen Frau, die mich bediente, dass ich ihn sprechen wolle.

Nachdem sie mit dem Finger auf mich zeigend irgendetwas zu ihm gesagt hatte, blickte Francesco gnädig in meine Richtung und zog die Augenbrauen nach oben. Danach widmete er sich wieder den beiden Capuccinos, die er gerade mit Hilfe der Kaffeemaschine zubereitete. Er servierte sie ohne Eile an einem Tisch im hinteren Bereich des Cafés und ging anschließend erhabenen Schrittes wieder zurück an die Theke, um dort eine Zitrone aufzuschneiden. Ein Stück davon gab er in ein Glas Mineralwasser und trank mit einer Seelenruhe das halbe Glas aus.

Wenn dieser arrogante Paradiesvogel jetzt nicht sofort seinen Hintern in meine Richtung bewegt, dann kann er mich mal, dachte ich verärgert. Nichts tat sich. Ich stand auf und ging zu ihm hin.

»Man hat Ihnen doch gerade ausgerichtet, dass ich Sie sprechen möchte!«, fuhr ich ihn an.

Er erschrak über meinen Tonfall und sagte: »Ich wollte gerade zu Ihnen rüberkommen, aber Sie sehen doch, dass ich alle Hände voll zu tun habe.«

Die Gastronomiechefin in mir bäumte sich auf, ich musste mich sehr zurückhalten, damit ich ihm nicht einen herben Rüffel erteilte.

»Passen Sie bloß auf, dass Sie sich nicht überarbeiten«, rutschte es mir trotzdem heraus. Im selben Moment ärgerte ich mich, dass mein erstes Zusammentreffen mit dem Herrn Künstler so gar nicht nach Plan verlief.

Ich marschierte wieder zurück an meinen Platz und war gespannt, ob er mir folgen würde. In der Tat schwebte er hinter mir her und nahm an meinem Tisch Platz. Er musterte mich mit einem süffisanten Lächeln von Kopf bis Fuß und wartete ab, was ich ihm zu sagen hatte.

»Sie malen?«, sagte ich. Francesco nahm augenblicklich eine andere Haltung ein und sah mich aufmerksam an.

»Ja, ich male. Interessieren Sie sich für meine Bilder?«

»Doris Winter hat Sie mir empfohlen. Ich bin die Wirtin

der Weinstube ›Zum Kuckuck‹ und möchte einem jungen Künstler die Möglichkeit geben, seine Bilder bei mir auszustellen. Könnte ich mir Ihre Werke einmal ansehen?«, fragte ich ihn und tat so, als ob ich etwas davon verstehen würde.

»Aber selbstverständlich! Wenn Sie möchten, gleich heute Abend! Das ist meine Karte, ich mache um acht Uhr hier Schluss, ab halb neun Uhr bin ich wieder zu Hause. Es wird mir eine Ehre sein, Sie zu empfangen!«

Sein Tonfall hatte sich auf einmal komplett verändert, er hofierte mich förmlich. Er stand auf, verneigte sich und gab mir einen flüchtigen Handkuss. Dann schwebte er zurück in Richtung Theke, wobei er seine Nase noch etwas höher trug als vorher.

»Ich werde mir jetzt gleich die Bilder eines jungen Malers ansehen, den mir Doris Winter gestern Abend empfohlen hat«, informierte ich Andreas.

»Aha, die Sache nimmt Gestalt an. Hat Frau Winter denn nichts zur Beleuchtung gesagt?«

»Nein, aber wir könnten doch Strahler aufstellen, um das fehlende Licht auszugleichen.«

»Das wäre eine Möglichkeit. Ich glaube, ich weiß sogar, wo man sich solche Strahler ausleihen kann.«

»Das ist ja phantastisch! Ich sehe uns schon groß in der Zeitung stehen: Maja Kuckuck und ihre Mitarbeiter laden zur ersten Vernissage in der Weinstube ein. Und das Ganze natürlich mit einem schönen Foto!«

»Maja, du vergisst, dass der Erfolg einer Ausstellung von den Bildern abhängt und nicht von der Auswahl der Weine, die dem Betrachter dabei angeboten werden. Was ist das denn für ein Maler, den du im Auge hast?«

»Vielleicht kennst du ihn, er heißt Francesco Novi und bedient im Café Luitpold.«

»O nein, bitte sag, dass das nicht wahr ist! Dieser Typ hat doch einen Sprung in der Schüssel!«

»Ja, das hat er«, bestätigte ich zufrieden. Meiner Meinung

nach musste sich ein Künstler doch irgendwie von der normalen Bevölkerung unterscheiden. »Wenn Doris ihn empfiehlt, muss er gut sein, schließlich ist sie eine Fachfrau auf dem Gebiet.«

»Na, da bin ich aber sehr gespannt«, meinte Andreas skeptisch.

Ich verabschiedete mich und machte mich im kalten Nebel auf den Weg zu Francescos Wohnung am Mittleren Graben.

Als ich am Unteren Graben angelangt war, ärgerte ich mich, dass ich kein Taxi genommen hatte. Das Wohnhaus von Francesco war zwar nur eine knappe Viertelstunde Fußweg von mir entfernt, aber es gab ziemlich dunkle Ecken am Unteren und Mittleren Graben, vor allem, wenn die ein oder andere Straßenlaterne ausgefallen war. Die Anwohner hatten ihre Rollläden alle heruntergelassen, sodass auch aus den kleinen, bunten Häusern kein Lichtstrahl nach außen drang. Meine rechte Hand umklammerte das Tränengas in meiner Manteltasche, ich fragte mich, warum ich von meinen polizeilichen Bewachern nichts bemerkte. Es fuhr kein Auto hinter mir her, es war weit und breit keine Menschenseele zu sehen. Der leichte Wind entlockte den Efeublättern an der Mauer des Amtsgerichtsgartens ein unheimliches, leises Rascheln, ich beschleunigte meinen Gang. Kaum war ich an der Laubenbräugasse vorbei und um die leichte Rechtskurve des Mittleren Graben marschiert, blieb ich doch prompt mit meinem rechten Stöckelschuh in einem Zwischenraum des alten Kopfsteinpflasters stecken. Die Stadt Freising sollte Schilder mit durchgestrichenen Stöckelschuhen aufstellen! Mir fielen auf Anhieb zig Straßen und Wege ein, bei denen man sich mit dem falschen Schuhwerk den Hals brechen konnte! Oder die Stadt sollte am seitlichen Straßenrand einen Fußweg für Damen anlegen, so wie es bereits im oberen Teil der Domberggasse geschehen war. Ich zog vergeblich meinen Fuß nach oben und zerrte mit beiden Händen am Absatz.

Plötzlich stockte mir der Atem. Irgendetwas raschelte

auf einmal dicht hinter mir. Eine kleine Maus kam von links an mir vorbeigeschossen und verschwand sogleich wieder im breiten Spalt unterhalb einer Hausstufe. Ich hielt inne und lauschte. Bildete ich mir etwas ein, oder näherten sich tatsächlich langsam Schritte. Endlich gelang es mir, meinen Schuh aus der Kopfsteinpflaster-Falle zu befreien. Ich sah zu, dass ich weiterkam. Meine eigenen Schritte hallten auf den Pflastersteinen unheimlich nach. Nein, ich hatte mich nicht geirrt, jetzt hörte ich die Schritte deutlich, sie wurden lauter und schneller. Ich drehte mich um, aber der dichte Nebel und der matte Schein der spärlich an den Hauswänden aufgehängten Straßenlaternen gaben nicht jede Ecke der dunklen Gasse preis. Wie konnte ich nur so unvorsichtig sein! Ich beschloss, meinem Verfolger ins Gesicht zu sehen und stellte mich unter die nächste Laterne, um zu warten.

Da erschien Francesco auf einmal im Lichtkegel und meinte atemlos: »Hallo, ich habe mich etwas verspätet, ich hatte schon Angst, Sie könnten vor verschlossener Tür stehen.«

»Sie haben mich ganz schön erschreckt! Bei Nacht ist das eine unheimliche Straße hier.«

»Man gewöhnt sich daran, dafür ist meine Miete nicht so hoch.«

Wir marschierten die letzten Meter schweigend nebeneinander her, bis wir vor Francescos Haus standen.

Du liebe Güte, schoss es mir gleich durch den Kopf, da soll ich wirklich reingehen? Das kleine Häuschen hatte seine besten Zeiten längst hinter sich. Der gelbe und weiße Putz blätterte überall ab, zwischen dem rechten Fenster im ersten Stock und dem darunter liegenden Fenster war deutlich ein Riss in der Mauer zu erkennen.

»So, das ist mein Reich«, sagte Francesco, als er die drei Steinstufen nach oben ging und die alte Holztür aufsperrte. Ich wagte nicht, das schiefe Eisengeländer an der rechten Seite der Stufen zu berühren. Das ganze Haus sah so aus, als stünde es kurz vor dem Zusammenbruch.

»Keine Sorge«, meinte Francesco, »die Bude ist besser in Schuss, als es auf den ersten Blick scheint.«

»Aha«, äußerte ich mich ungläubig.

Nachdem Francesco das Licht eingeschaltet hatte, stellte ich erleichtert fest, dass er Recht hatte. Das Erdgeschoss hatte er geschickt zu seinem Atelier umfunktioniert, von innen wirkte der große Raum fast modern. An den weiß getünchten Wänden lehnten oder hingen rahmenlose Bilder in allen Größen. In der Mitte der Werkstatt standen eine Staffelei und daneben ein Tisch, auf dem sich diverse Farbtöpfe und Pinsel befanden. Der Geruch, der mich stark an Nagellackentferner erinnerte, war allerdings gewöhnungsbedürftig. Francesco hatte auch ein paar von diesen großen Strahlern in seiner Werkstatt stehen, die er gerade in die richtige Position brachte, um bestimmte Bilder optimal zu beleuchten.

»Sehen Sie sich nur um«, forderte er mich auf.

Ich machte einen Rundgang und studierte die Bilder interessiert mit meinem Laienblick. Es waren abstrakte Ölgemälde in leuchtenden Farben, deren Thematik sich mir nicht erschloss. Vielleicht hatten sie auch gar keine, jedenfalls konnte ich mir diese farbigen Leinwände gut an den Wänden meiner Weinstube vorstellen.

»Ich mag die Farben, die Sie verwenden.« Der Kommentar konnte nicht falsch sein.

»Möchten Sie etwas trinken? Ich habe allerdings nur Mineralwasser und Bier zu Hause.«

»Bier ist okay«, entgegnete ich und überlegte, ob er auch Rahmen zu den Bildern hatte oder ob ich die selbst besorgen musste.

Er ging nach oben in seine Wohnung und kam mit zwei Flaschen Bier ohne Gläser zurück.

»Ich freue mich, dass Sie hier sind!«, sagte er und stieß mit mir an.

Nach einem kräftigen Schluck aus der Flasche setzte ich mich auf einen der beiden Stühle, die im Zimmer herumstanden.

»Also mir gefallen Ihre Bilder, wenn Sie möchten, können

Sie sie in der Weinstube ausstellen. Sie müssten allerdings alles selber machen, vom Aufhängen bis zum Beleuchten.«

»Aber das ist doch selbstverständlich. Sie werden keine Arbeit mit mir haben.«

»Die Bilder rahmen Sie aber vorher noch, oder?«

»Natürlich, Frau Kuckuck, ich habe ganz schlichte Holzrahmen, die wenig von den Gemälden ablenken. Außerdem kann ich auch meine Strahler mitbringen, wenn Sie möchten!«

»Das wäre meine nächste Frage gewesen. Ich sehe, wir sind uns einig.« Ich lehnte mich zufrieden zurück. »Sind Sie eigentlich Italiener oder ist das ein Künstlername, den Sie tragen?«

»Zur Hälfte«, erklärte er lächelnd. »Mein Großvater väterlicherseits war Spanier, daher kommt der Nachname Novi. Meine Eltern hatten mich allerdings auf den gutbürgerlichen Namen Franz getauft, daraus habe ich Francesco gemacht.«

»Klingt gut«, bestätigte ich. »Wird das Ihre erste Ausstellung?«

»Nein, meine zweite. Mit der ersten hatte ich nicht viel Glück. Die Sparkasse hat mir vor einem Jahr die Gelegenheit gegeben, meine Bilder im Atrium auszustellen, aber leider war bei der Vernissage ein Kunstkritiker anwesend, dem meine Bilder nicht gefallen haben. Am nächsten Tag stand ein totaler Verriss in der Zeitung, die Bank legte mir daraufhin nahe, die Bilder vorzeitig wieder abzuholen.«

»Das ist wirklich Pech. Wer war denn dieser Kunstkritiker?«

»Dieter Ammer«, sagte er mit Abscheu.

Da hatte ich doch tatsächlich einen Treffer gelandet!

»Zufällig weiß ich, dass Herr Ammer für einige Zeit verreist ist und erst in zwei Wochen wiederkommt. Wenn es uns gelänge, die Vernissage vor seiner Rückkehr stattfinden zu lassen, hätten Sie die Chance auf einen anderen Kritiker.«

»Das schaffen wir!«, rief er begeistert. »Aber wir müssen so schnell wie möglich mit der Werbung beginnen. Ich werde gleich morgen Karten drucken lassen und könnte Ihnen am Freitag welche vorbeibringen.«

»Freitag ist gut, da ist Chorstammtisch in der Weinstube, bei der Gelegenheit kann ich die Einladungen sofort unter die Leute bringen.«

Francesco holte noch zwei weitere Flaschen Bier, wir einigten uns auf den Samstag der kommenden Woche als Termin für die Vernissage.

Nach dem zweiten Bier drückte meine Blase.

»Ich darf doch Ihre Toilette benützen«, fragte ich höflich.

»Selbstverständlich, die Treppe hoch und dann links.«

Ich ging nach oben und öffnete die Wohnungstür. Francesco hatte das Licht brennen lassen, sodass ich das Bad sofort fand. Sehr sauber und ordentlich für eine Junggesellenwohnung, dachte ich angenehm überrascht. Auf der Ablage unter dem Spiegel standen allerdings mehr Make-up-Fläschchen und Schminkutensilien, als ich in fünf Jahren verbrauchte. Ob er schwul war? Schwer zu sagen, unter dem Deckmantel des Künstlerdaseins war alles möglich.

Ich verließ das Badezimmer und wollte gerade wieder die Treppen nach unten steigen, als mir plötzlich eine Fotografie ins Auge stach, die eingerahmt an der Wand im Flur hing. Ich war geschockt! Das Foto zeigte Francesco Arm in Arm mit meiner neuen Freundin Doris Winter! Im Hintergrund war ein See zu sehen, die ganze Atmosphäre auf dem Bild war alles andere als rein beruflich!

Ich ging nach unten und versuchte, mir nichts anmerken zu lassen. Gleich morgen früh würde ich Doris zur Rede stellen. Francesco war mindestens ein guter Freund von ihr, wenn nicht sogar ihr Geliebter! So etwas soll es ja geben, dass sich Frauen in unserem Alter einen wesentlich jüngeren Liebhaber leisteten. Sie hatte versucht, ihrem Lover einen Gefallen zu tun, und die dumme Maja Kuckuck hatte nichts gemerkt. Ich war stinksauer, es kostete mich einige Mühe, die Fassung zu wahren. Ich sagte mir, dass der Junge wahrscheinlich gar nichts dafür konnte, dass Doris mir gegenüber nicht mit offenen Karten gespielt hatte.

Nach ein paar abschließenden Höflichkeitsfloskeln bat ich ihn, mir ein Taxi zu rufen. Ich war gespannt, wie sich Doris da wieder herausreden würde!

11

Das Telefon weckte mich am Donnerstagmorgen. Ein Blick auf den Wecker sagte mir, dass es erst halb acht war. Wer besaß die Frechheit, mich um diese Uhrzeit anzurufen?

»Kuckuck?«, meldete ich mich schlaftrunken.

»Guten Morgen, Frau Kuckuck, hier spricht Kommissar Scheffel. Kann ich bei Ihnen vorbeikommen?«

»Jetzt gleich?«

»Natürlich!«

»Wenn es Ihnen nichts ausmacht, dass ich im Morgenmantel herumlaufe, bitte. Ist etwas passiert?«

»Das werde ich Ihnen gleich persönlich sagen.«

Ich war auf einen Schlag hellwach. Die Polizei hatte also neue Erkenntnisse. Ich lief ins Bad, putzte mir die Zähne und machte meine Haare zurecht. Da klingelte es auch schon.

Kommissar Scheffel setzte sich auf das Sofa im Wohnzimmer und wartete, bis ich auch Platz genommen hatte.

»Was haben Sie denn da am Hals?«, fragte er plötzlich, als er meine Schnittwunde sah, die ich vergessen hatte abzudecken.

»Ach, das war nur die Katze meiner Nachbarin. Was gibt es denn Neues?«

»Wir haben Herrn Ammer gefunden.«

»Tot oder lebendig?«, fiel ich ihm gleich ins Wort.

»Tot. Waldarbeiter haben gestern Abend bei Baumfällarbeiten seine Leiche gefunden, und zwar ebenfalls im Wippenhauser Forst. Sein Körper ist mit Laub und Ästen zugedeckt worden, sodass nichts von ihm zu sehen war. Einer der Arbeiter ist jedoch zufällig über ihn gestolpert und hat ihn entdeckt. Herr Ammer hatte ein Messer im Rücken, die Autopsie hat ergeben, dass er bereits seit einer Woche tot sein muss.«

Was Kommissar Scheffel da erzählte, ging mir runter wie Öl. Mein Ruf war wieder hergestellt!

»Ich habe also doch seine Leiche in der Wohnung gesehen!«, rief ich.

»Wir gehen davon aus.«

Nanu, wo blieb denn jetzt seine Entschuldigung? Dieser Mann hatte keine Manieren! Trotzdem fühlte ich mich ihm gegenüber als Siegerin.

»Und jetzt möchten Sie natürlich noch einmal genau wissen, wie das alles war, stimmt's?« Ich lehnte mich überlegen zurück.

»So ist es«, entgegnete er sachlich, während er sein Diktiergerät startklar machte.

Ich erzählte ihm die ganze Begebenheit. Weil ich einen guten Tag hatte, erklärte ich ihm auch gleich, wie die Leiche über den Lift und die Tiefgarage weggeschafft wurde.

»Das haben wir auch schon recherchiert, Frau Kuckuck«, sagte er streng. »Mischen Sie sich nicht in die Ermittlungen der Polizei ein. Das ist gefährlich!«

»Na Sie sind gut! Erst sagen Sie mir auf den Kopf zu, dass ich nicht alle Tassen im Schrank habe, dann soll ich das einfach auf mir sitzen lassen.«

»Aber Frau Kuckuck, Sie haben das völlig missverstanden! Wir haben Ihre Beobachtungen von Anfang an ernst genommen, aber was hätten Sie denn an meiner Stelle geglaubt, wenn Sie keine Leiche gefunden hätten?«

»Ich hätte sofort die Möglichkeit in Betracht gezogen, dass die Leiche weggeschafft wurde.«

»Das haben wir ebenfalls, Frau Kuckuck, aber wir konnten doch nicht jeden Grashalm in Freising umdrehen, ob vielleicht irgendwo eine Leiche versteckt wurde.«

Es klingelte abermals an der Haustür, ich öffnete dem atemlosen Kommissar Herrmanns.

»Ich hab's nicht eher geschafft«, sagte er, bevor er sich neben Kommissar Scheffel setzte.

»Wie auch immer«, fuhr dieser fort, »nach den neuesten Entwicklungen müssen wir natürlich verstärkt davon ausgehen, dass der Drohbrief gegen Sie ernst gemeint ist, Frau Kuckuck. Was halten Sie denn davon, wenn Sie zu Ihrem eigenen Schutz für eine gewisse Zeit zu Ihrer Tochter nach Italien fahren? Sie haben doch diesen tüchtigen Mitarbeiter in der Weinstube, der das Lokal in der Zwischenzeit führen könnte.«

»Das geht nicht, Herr Kommissar. Ich habe nächste Woche meine erste Vernissage in der Weinstube, da werde ich selbstverständlich anwesend sein. Außerdem haben Sie doch Ihre Bewacher auf mich abgestellt.«

»Was meinen Sie damit?«

»Sie lassen mich doch beobachten! Den beiden Männern am Samstagabend in der Weinstube hat man doch aus zehn Kilometer Entfernung angesehen, dass sie von der Polizei waren!«

»Frau Kuckuck, da haben Sie völlig falsche Schlüsse gezogen. Natürlich haben wir auch in Ihrem Umfeld ermittelt, aber Sie stehen doch nicht unter Polizeischutz. Darunter versteht man etwas völlig anderes.«

Oh, oh, da war ich aber ganz schön auf dem Holzweg! Kein Wunder, dass ich gestern Abend niemanden bemerkt hatte.

»Glauben Sie mir jetzt wenigstens, dass ich in der Kirche mit dem Mörder von Herrn Feldberg zusammengestoßen bin?« Ich konnte es nicht lassen, dem Kommissar doch noch eine Entschuldigung zu entlocken.

Kommissar Scheffel sah mich misstrauisch an.

»Sagen Sie mir endlich die Wahrheit über die Pralinen, dann werde ich Ihnen sagen, was ich glaube«, wich er geschickt einer Antwort aus.

Kein Wort werde ich sagen! Das war eine Sache zwischen Herrn Feldberg und mir, das geht niemanden etwas an!

Der Kommissar vergewisserte sich noch einmal, dass ich auf eigene Verantwortung in Freising bleiben würde. Ich machte ihm abermals in aller Deutlichkeit klar, dass ich mich nicht ausgerechnet zum jetzigen Zeitpunkt nach Italien abschieben lassen würde. Dann komplimentierte ich die beiden Kriminalkommissare hinaus, um endlich ins Bad zu gehen.

In der Zeitung stand noch nichts von Dieter Ammers Tod. Ich war zufrieden, dass Kommissar Scheffel zumindest so viel Anstand besaß, mich vor der Zeitung zu informieren.

Nachdem ich gefrühstückt hatte, wählte ich die Durchwahlnummer zum Schreibtisch von Doris Winter, die sie mir vorgestern gegeben hatte.

»Winter?«, meldete sie sich sofort.

»Hallo, Doris, hier ist Maja!«

»Hallo, Maja, das ist aber nett, dass du anrufst!«

»Ich muss etwas mit dir besprechen«, sagte ich in nüchternem Ton.

»Was ist denn los? Haben dir Francescos Bilder nicht gefallen?«

Aha, sie wusste also auch schon, dass ich gestern Abend bei ihm war.

»Doris, als ich bei Francesco auf der Toilette war, habe ich ein Foto von euch beiden an der Wand hängen sehen. Kannst du mir das bitte erklären?«

»Ach, das ist es. Maja, ich möchte dir das nicht am Telefon erklären. Wäre es dir recht, wenn ich heute Abend eine Stunde eher zu dir kommen würde, bevor wir in das Orgelkonzert gehen?«

»In Ordnung«, sagte ich und legte auf. Wenigstens schien sie ein schlechtes Gewissen zu haben.

Ich rief Viola an und sprach ihr aufs Band, dass Herr Ammer endlich gefunden wurde. Dann setzte ich mich an den Computer und arbeitete ein paar Stunden an der Buchhaltung der Weinstube.

Gegen halb sieben Uhr machte ich mich für das private Orgelkonzert zurecht. Ich zog mir vor dem Badspiegel einen auffälligen, schwarzen Lidstrich, wie ich es in der Zeitschrift im Café Luitpold gesehen hatte. Das Ergebnis war äußerst zufrieden stellend. Ha, wenn ich wollte, wäre ich auch im Stande, mir einen jungen Liebhaber zu nehmen! Aber ich hatte es nicht nötig, mein Alter auf diese Art und Weise zu kaschieren! Mit der richtigen Schminktechnik sah ich immer noch aus wie vierzig!

Um Schlag sieben Uhr klingelte es. Ich bat Doris in meine Küche, wir setzten uns an die kleine Bar.

»Möchtest du auch einen Espresso?«, fragte ich, um die Spannung zwischen uns etwas aufzulockern. Schließlich brauchte ich Doris noch, damit sie mich zum Orgelkonzert begleitete.

»Ja, einen Espresso trinke ich gerne mit«, antwortete Doris und sah mir schweigend zu, wie ich den Kaffee zubereitete. Dann setzte ich mich zu ihr an die Bar, wir tranken einen Schluck.

»Maja, ich wollte es dir sowieso sagen, aber nicht, bevor du Francescos Bilder gesehen hast. Francesco ist mein Sohn!«

»Dein Sohn? Aber warum hast du mir das denn nicht gleich gesagt?«

»Weil ich nicht wollte, dass es überall heißt, ich würde meine Position ausnützen, um ihm Vorteile zu verschaffen. Andererseits will ich natürlich auch nicht, dass mein Job als Kulturreferentin ein Nachteil für ihn ist. Ich finde nämlich wirklich, dass er sehr begabt ist und dass er noch eine Chance verdient hat, nachdem ihn dieser Ammer im letzten Jahr so in die Pfanne gehauen hat.«

»Ich weiß, Francesco hat mir davon erzählt. Kennst du Dieter Ammer?«

»Natürlich kenne ich ihn, in einer Stadt von der Größe Freisings kann man sich kaum aus dem Weg gehen. Aber dieses Mal wird ein anderer Kritiker über die Bilder meines Sohnes schreiben, das verspreche ich dir.«

»Da gehe ich jede Wette ein, Herr Ammer ist nämlich tot.«

»Hat man ihn tatsächlich gefunden? Na siehst du, Maja, du bist doch nicht verrückt! Aber warum steht denn noch nichts darüber in der Zeitung?«

»Der Kommissar war heute Morgen zuerst einmal bei mir, um mich persönlich davon in Kenntnis zu setzen.« Ich informierte Doris über das, was ich von Scheffel erfahren hatte.

»Glaubst du, dass alle drei Männer von ein und derselben Person ermordet wurden?«, fragte sie mich.

»Gut möglich, schließlich wurden sie alle drei auf die gleiche Art umgebracht. Jedenfalls steht jetzt eindeutig fest, dass es nicht Herr Ammer gewesen sein kann, der mir den Drohbrief geschickt und mich überfallen hat.«

Ich sah auf die Uhr, es war kurz vor acht. »Wir müssen los, Michael wartet um Viertel nach acht am Seiteneingang!«

Wir machten uns auf den Weg, ich war sehr froh darüber, dass sich zwischen Doris und mir wieder alles eingerenkt hatte. Ich hatte Verständnis für ihr Verhalten, wahrscheinlich wäre ich an ihrer Stelle genauso vorgegangen.

Michael wartete bereits vor der Kirche, als Doris und ich dort ankamen.

»Guten Abend, Frau Kuckuck. Sie haben jemanden mitgebracht?« stellte er neutral fest, sodass man nicht heraushören konnte, ob es ihm recht war oder nicht.

»Das ist meine Freundin Doris Winter. Sie ist die neue Kulturreferentin von Freising und hört ebenfalls sehr gerne Orgelmusik. Es macht Ihnen doch nichts aus?«

»Nein«, antwortete Michael emotionslos. Er sperrte mit einem großen, alten Eisenschlüssel das Kirchenportal auf und ließ uns herein. Dann zog er eine Taschenlampe aus seiner Manteltasche und gab sie mir.

»Könnten Sie die solange halten, bis ich wieder abgesperrt habe.«

Nachdem er auch die innere Tür von innen abgeschlossen hatte, ging er mit der Taschenlampe voraus und knipste am Aufgang der Wendeltreppe ein fahles Licht an, das jedoch ausreichte, damit Doris und ich sicheren Fußes dort ankamen. Wir stiegen die Treppen hoch, Michael schaltete das Licht an der Orgel ein.

»Ganz schön unheimlich, wenn man in der Dunkelheit hier ankommt. Haben Sie nie Angst, wenn Sie allein zum Üben herkommen?«, fragte ich Michael.

»Nein, ich nehme immer eine Taschenlampe mit«, war sein einziger Kommentar.

Er schwang sich auf die Orgelbank und drehte den Schlüssel um, bis der Motor anfing, leise zu summen.

Doris und ich rückten uns zwei Stühle an seine rechte Seite, von wo aus wir einen guten Blick auf die Pedale hatten.

»Haben Sie einen besonderen Wunsch?«, fragte Michael.

»Ich würde sehr gerne Bach hören«, meldete ich mich sofort.

»Dann spiele ich Ihnen Fantasie und Fuge in g-moll.« Michael suchte den richtigen Notenband auf der Ablage unter der Orgelbank. Er schob die Ärmel seines Pullovers zurück und nahm seine Uhr ab, die er wieder an der Innenseite des Handgelenks getragen hatte.

»Die Uhr stört mich beim Spielen«, meinte er in unsere Richtung, wobei er zum ersten Mal an diesem Abend lächelte. Er zog ein paar Register und begann mit einem großen, vollen Klang das Präludium zu intonieren.

Ich war vom ersten Akkord an beeindruckt. Sobald Michael anfing zu spielen, wurde aus dem farb- und temperamentlosen jungen Mann auf einmal eine richtige Persönlichkeit. Die Orgel war sein Ausdrucksmittel, mit ihr zusammen war er stark! Doris schien ebenfalls überrascht und lauschte konzentriert seinen Interpretationen.

Nach dem Bach, dessen Fugenthema mich wahrscheinlich wieder tagelang als Ohrwurm verfolgen würde, spielte Michael die f-moll Fantasie von Mozart. Doris war hingerissen, sie fing sofort nach dem Schlussakkord an zu klatschen und wollte wissen, ob sie von Michael gelegentlich eine Aufnahme mit diesem Stück machen dürfe. Michael hatte nichts dagegen und spielte uns als Nächstes die d-moll Toccata von Reger. Ich bin ein großer Verehrer von Max Reger, die Reibungen in seinen Akkorden und das meist sehr virtuose Getöse empfand ich schon immer als äußerst spannend.

Was für ein Konzert! Ich hatte sämtliche negativen Gedanken, die Michael betrafen, wieder über Bord geworfen. Er war es bestimmt nicht, der mich bei den Mülltonnen überfallen hatte. Wer so Orgel spielt, kann mit derartig abgründigen Handlungen nichts zu tun haben!

»Warum wollen Sie eigentlich kein hauptberuflicher Kirchenmusiker werden, wenn Sie schon so ein begnadeter Organist sind?«, fragte ich ihn, nachdem er den Reger glanzvoll zu Ende gespielt hatte.

»Weil ich keinen Chor leiten kann. Ich könnte mich nie vor so vielen Leuten hinstellen und frei sprechen. Ich würde sterben vor Angst.«

»Aber Sie spielen doch auch Orgel vor einem großen Publikum.«

»Das ist etwas ganz anderes. Ich beneide alle Menschen, die über das Charisma und gleichzeitig über die nötige Autorität verfügen, eine Gruppe von Menschen mit Worten in ihren Bann zu ziehen.«

Ein eigenartiger Klang schwang in Michaels Stimme mit, als ob er diese Menschen nicht nur beneiden, sondern sie wegen dieser Fähigkeit auch hassen würde.

»Aber Michael«, mischte sich Doris ein, »Sie brauchen Ihr Licht doch wahrlich nicht unter den Scheffel zu stellen! Wer so gut Orgel spielt, wird von vielen Menschen verehrt und bewundert.«

Michael lächelte Doris dankbar dafür an, dass Sie seine Kunst zu schätzen wusste. Dann wandte er den Kopf ab und sagte nach längerer Pause:

»Zum Abschluss möchte ich Ihnen noch ein Werk von Olivier Messiaen vorspielen.«

Er zog die Noten unter der Orgelbank hervor und schlug eine bestimmte Seite auf.

Ich erschauerte, als Michael begann, die ersten Akkorde des ausgewählten Werkes zu spielen. Es war »L'Apparition de l'Église éternelle«, genau dasselbe Stück, das Herr Feldberg direkt vor seiner Ermordung gespielt hatte. Die lang ausgehaltenen Klänge der Orgel hallten unheimlich durch das leere Kirchenschiff. Warum hatte er sich ausgerechnet für dieses Stück entschieden? Ich wartete ab, bis er zu Ende gespielt hatte, dann fragte ich ihn direkt:

»Wissen Sie, dass dies das letzte Stück war, das Herr Feldberg vor seinem Tod gespielt hatte?«

»Ja, weiß ich. Die Noten waren noch aufgeschlagen.«

Ich wurde nicht schlau aus dem Jungen. Hatte dieser Umstand überhaupt keine Bedeutung für ihn oder hatte er das Stück als Erinnerung an Herrn Feldberg gespielt?

»Also noch mal vielen Dank für diese großartige Darbietung! Ich bin ein Bewunderer Ihrer Kunst, wenn Sie möchten, werde ich versuchen, ein richtiges Konzert für Sie zu arrangieren«, unterbrach Doris meine mulmigen Gedanken.

»Wirklich?«, sagte Michael freudig überrascht.

»Wir gehen jetzt zum Essen, als kleinen Dank für das wunderbare Privatkonzert würden wir Sie gerne einladen. Sie kommen noch mit?«, fragte ich Michael.

»Seien Sie mir bitte nicht böse, aber ich möchte lieber noch hier bleiben und eine Stunde üben.«

Wir bedankten uns abermals herzlich, Michael ließ uns wieder aus der Kirche.

»Na, was sagst du?«, fragte ich Doris.

»Er ist ein richtiger Vollblutmusiker! Schade, dass er so verklemmt ist, aber alles in allem ist er ein netter Kerl. Ich mag ihn. Ich glaube auch nicht, dass er dich überfallen hat.«

»Ich bin sehr froh, dass du das sagst. Inzwischen kann ich es mir auch nicht mehr vorstellen. Es war nur seine Uhr, die mich etwas verwirrt hat. Wo gehen wir eigentlich hin?«

»Am besten gleich gegenüber ins Portofino, wenn du nichts dagegen hast. Mir ist irgendwie nach Pizza.«

Ich willigte ein, und wir marschierten über den Platz vor der Kirche.

»Das ist wirklich ein imposantes Gebäude«, bemerkte Doris mit Blick auf das Landratsamt.

»Das ist es, und es hat eine lange Geschichte. Zuerst war es ein Kloster, dann eine Kaserne, danach eine Tuchfabrik, und jetzt ist das Landratsamt dort untergebracht. Kennst du den Spruch der Neustifter Lästerzungen über das Gebäude?«, fragte ich grinsend. »Vierhundert Jahre wurde dort gebetet, hundert Jahre geflucht, fünfzig Jahre gearbeitet und heute weiß niemand so genau, was dort eigentlich passiert.«

Doris lachte, dass der ganze Platz hallte.

Im Portofino setzten wir uns an einen freien Tisch in einer Ecke und orderten zwei Bier.

»Du musst hier unbedingt die Pizza mit Meeresfrüchten essen. Ich bestelle sie mir immer mit viel Knoblauch, so mag ich sie am liebsten!«, schwärmte Doris mit hungrigen Augen.

»Oh«, stöhnte ich, »das wäre genau das, worauf ich jetzt auch Appetit hätte. Aber leider kann ich mir das heute nicht leisten, ich habe nämlich morgen früh einen Termin bei meinem Zahnarzt Doktor Hausmann, und dem kann ich keine Knoblauchfahne zumuten.«

»Ach, du bist bei Doktor Hausmann?«, fragte Doris interessiert.

»Kennst du ihn etwa?«, wollte ich wissen.

»Nicht persönlich, aber Francesco hat mir von ihm erzählt. Doktor Hausmann hat ihm ein paar Bilder abgekauft.«

»Aha. Darf ich dich etwas fragen?«

Doris fing an zu lachen. »Du willst bestimmt wissen, ob Francesco schwul ist.«

»Und, ist er?«

Doris winkte mich mit dem Finger näher zu sich über den Tisch und flüsterte: »Er ist nicht schwul, aber du darfst nicht verraten, dass ich es dir gesagt habe. Er möchte nämlich den Eindruck erwecken, dass er sich diesbezüglich nicht festgelegt hat. Er ist der Meinung, das gäbe ihm etwas Geheimnisvolles und machte ihn interessant!«

Ich prustete ebenfalls los.

»Entschuldige, dass ich lache, aber das habe ich wirklich noch nie gehört. Normalerweise kenne ich nur den Fall, dass jemand seine gleichgeschlechtlichen Neigungen verheimlichen will.«

»Ach, weißt du, Francesco hat viel von seinem Großvater väterlicherseits geerbt. Das war ein spanischer Schauspieler, der es auch privat nicht lassen konnte, sich wie eine männliche Diva zu gebärden. Ich mische mich da jedenfalls nicht ein. Hauptsache, Francesco ist glücklich.«

»Aber geht ihm das denn nicht schrecklich auf die Nerven, wenn solche Leute wie Doktor Hausmann denken, sie hätten Chancen bei ihm?«

»Also dieser Doktor Hausmann ist allerdings wirklich ein Problem. Francesco hat ihm bereits mehrmals gesagt, dass er kein Interesse an einer Beziehung hat. Aber Doktor Hausmann scheint trotzdem zu glauben, durch Hartnäckigkeit irgendwann zum Ziel zu kommen. Francesco möchte den Kontakt zu ihm nicht ganz abbrechen, schließlich hat er ihm schon einige Bilder verkauft.«

Zumindest in puncto Hartnäckigkeit würden Doktor Hausmann und Sabine ganz gut zusammenpassen.

Ich bestellte eine Pizza mit Thunfisch und Doris ihre Lieblingspizza mit extra viel Knoblauch.

Nachdem wir gegessen und ein weiteres Bier bestellt hatten, sagte Doris: »Francesco hat übrigens am Sonntag Geburtstag. Ich habe ihm gesagt, dass ich ihn am Nachmittag besuchen werde. Willst du nicht mitkommen?«

»Gute Idee, aber ich weiß gar nicht, was ich ihm schenken soll.«

»Du brauchst ihm nichts zu schenken, was er von mir bekommt, war teuer genug! Aber du könntest einen Kuchen backen, wenn du möchtest. Leider bin ich keine gute Bäckerin, ich müsste sonst erst welchen kaufen.«

»Das mache ich gerne. Was bekommt er denn für ein tolles Geschenk von dir, oder ist das ein Geheimnis?«

»Natürlich soll es eine Überraschung für ihn sein, aber dir kann ich es ja verraten. Wie du weißt, hat Francesco Ägyptologie studiert und neben der Malerei gehört seine ganze Leidenschaft der ägyptischen Kultur. Das Foto von Francesco und mir, das in seinem Flur hängt, wurde übrigens vor dem Nasser Stausee in Assuan aufgenommen. Wir waren schon dreimal zusammen in Ägypten. Es war jedes Mal traumhaft!«

»Und jetzt schenkst du ihm wahrscheinlich die vierte gemeinsame Reise, stimmt's?«

»Falsch! Ich schenke ihm ein Stück ägyptische Antike.«

»Was?«

»Wenn du mein Geschenk siehst, wirst du dich fragen, was das für eine alte Scherbe sein soll. Aber diese Scherbe hat mich ein kleines Vermögen gekostet. Sie ist dreitausend Jahre alt und stammt von einer ägyptischen Vase aus der Pharaonenzeit. Da bist du platt, was?«

»Aber Doris, so etwas kann man doch gar nicht kaufen, diese Sachen liegen doch in den Museen! Ich fürchte, da hat dich jemand ordentlich übers Ohr gehauen.«

»Nein, nein, ich bin sicher, dass sie echt ist«, sagte Doris und lächelte spitzbübisch.

»Und wo hast du die her?«, fragte ich ungläubig.

»Das ist eine lange Geschichte und viel zu kompliziert, um sie zu erzählen. Aber glaube mir, sie ist echt.«

Merkwürdig, was man sich in manchen Familien schenkt. Ob sich Viola über eine antike Scherbe freuen würde? Wohl eher nicht. Sie bevorzugt Dinge, die heil und modern sind.

Wir tranken unser Bier aus und verabredeten uns für Sonntagnachmittag.

12

Um halb acht klingelte der Wecker. Weshalb habe ich mir eigentlich einen Zahnarzttermin im Morgengrauen andrehen lassen? Ich quälte mich aus dem Bett und ging ins Bad.

Gerade, als ich gehen wollte, läutete das Telefon.

»Kuckuck«, meldete ich mich kurz angebunden.

»Guten Morgen, Frau Kuckuck!«

Die männliche Stimme kam mir bekannt vor, aber ich wusste sie im ersten Moment nicht zuzuordnen.

»Wer spricht denn da?«

»Doktor Hausmann.«

»Ach, Sie sind es, Herr Doktor, ich war gerade auf dem Weg zu Ihnen!«

»Wenn es Ihnen Recht ist, würde ich den Termin gerne verschieben. Es haben sich einige Schmerzpatienten angekündigt, sodass es heute mit Sicherheit zu längeren Wartezeiten kommen wird.«

»Das ist sehr freundlich von Ihnen, dass Sie mir das ersparen wollen, Herr Doktor. Wann kann ich denn stattdessen kommen?«

»Passt es Ihnen am Dienstagabend um achtzehn Uhr?«

»In Ordnung, also bis dann, Herr Doktor!«

»Auf Wiedersehen, Frau Kuckuck.«

Wenn ich das eher gewusst hätte, hätte ich gestern Abend nicht auf die Knoblauchpizza verzichten müssen. Merkwürdig, dass mir Doktor Hausmann die Terminverschiebung persönlich mitgeteilt hatte, das wäre doch eigentlich Sabines Arbeit gewesen. Wahrscheinlich wusste er bereits von meiner geplanten Ausstellung mit Francescos Bildern, deshalb war mein Ansehen bei ihm gestiegen.

Ich machte das Beste aus der Situation und ging zum Bäcker, um mir frische Croissants zum Frühstück zu holen. Auf dem Rückweg nahm ich die Zeitung aus meinem Briefkasten mit. Auf der ersten Seite fiel mein Blick sofort auf ein großes Foto von Herrn Ammer. Darüber stand in großen Buchstaben, die ich auch ohne Brille lesen konnte:

DER DRITTE MORD IN FREISING INNERHALB VON ZWEI WOCHEN – DIE ZEITUNGSREDAKTION TRAUERT UM IHREN LANGJÄHRIGEN MITARBEITER DIETER AMMER

Was hieß hier innerhalb von zwei Wochen, dachte ich, die Morde passierten genau genommen innerhalb einer Woche, nur dass Herr Ammer und dieser Rottenkolber erst später gefunden wurden.

In meiner Küche angekommen, griff ich nach der Lesebrille und verschlang sofort den ganzen Artikel. Die Kollegen wussten offensichtlich doch mehr, als diese Mitarbeiterin mir gegenüber letzte Woche am Telefon zugeben wollte.

Es wurde berichtet, dass Ammer vor zehn Tagen einen Sonderurlaub genommen hatte, weil er sich in Freising nicht mehr sicher fühlte. Er sei im Rahmen seiner journalistischen Tätigkeiten auf Dinge gestoßen, die ihm Grund zur Annahme gegeben hatten, dass er einem Verbrechen auf die Spur gekommen sei. Aus Mangel an Beweisen und natürlich auch aus Furcht, die Anschuldigungen könnten sich als haltlos erweisen, sei er nicht zur Polizei gegangen. Nach seinem gewaltsamen Tod müsse man jetzt allerdings davon ausgehen, dass seine Vermutungen richtig gewesen waren und dass er deshalb sterben musste. Die Mitarbeiter der Zeitung würden nichts unversucht lassen, den Mörder ihres geschätzten Kollegen zu finden, hieß es abschließend.

»Willkommen im Club!«, sagte ich laut vor mich hin. Bei so vielen selbst ernannten und echten Detektiven musste der Fall doch endlich aufgeklärt werden.

Ich rief Viola an und erzählte ihr die letzten Neuigkeiten.

»So, so«, meinte sie, »dann ist dieser Francesco also Doris' Sohn, und Herr Ammer hat dessen letzte Ausstellung verrissen. Da kommt es den beiden doch sehr gelegen, dass Herr Ammer jetzt tot ist.«

»Aber Viola, du willst doch nicht etwa sagen, dass Doris

etwas damit zu tun hat! So gesehen kam mir der Tod von Herrn Feldberg auch gelegen, wer weiß, ob ich beim Vorsingen bestanden hätte.«

»Aber Mama, Herr Feldberg hatte dich für einen Solopart vorgesehen, hast du das etwa vergessen?«

»Ach ja, natürlich«, erwiderte ich möglichst souverän.

»Die Sache mit dieser ägyptischen Scherbe geht mir trotzdem nicht aus dem Kopf. Es ist dir doch klar, dass man so etwas auf legalem Weg nicht erwerben kann.«

»Mein Gott, Viola, ich habe mir auch schon öfter ein paar Kisten Wein am Zoll vorbei ins Land geschmuggelt und schlafe deswegen trotzdem gut! Man muss die Kirche doch im Dorf lassen, es geht hier schließlich nur um eine Scherbe und nicht um eine Mumie!«

»Wahrscheinlich fange ich langsam an zu spinnen. Diese ganze unselige Geschichte macht einen gegen sämtliche Leute argwöhnisch.«

»Das geht mir genauso, aber man darf sich nicht verrückt machen lassen.«

Ich plauderte noch ein wenig mit Viola über die Kinder und fuhr anschließend in den Großmarkt, um die Küche der Weinstube mit frischen Vorräten für das Wochenende aufzufüllen.

Gegen halb neun Uhr war ungefähr die gleiche Mannschaft in der Weinstube zusammengekommen wie beim letzten Chorstammtisch.

»Ist es nicht fürchterlich, jetzt gibt es schon drei Tote, die Polizei ist nicht in der Lage, den Mörder dingfest zu machen«, rief Irmi in die Runde.

Daraufhin sahen sich alle nach Ruth um, aber sie war gar nicht gekommen. Dem Kommissar war die Schwatzhaftigkeit seiner Frau sicher gut bekannt, wahrscheinlich hatte er ihr Ausgangssperre verhängt, damit sie nicht wieder geheime Ermittlungsergebnisse unter die Leute bringen konnte! Nach dem letzten Chorstammtisch hatte sich die Nachricht von der Spielsucht des Herrn Feldberg wie ein Lauffeuer in der ganzen Stadt verbreitet.

Francesco betrat die Weinstube und sah sich neugierig um.

Ich stand auf und winkte ihm zu, worauf er zu uns an den großen Tisch kam. Wir begrüßten uns, ich stellte mich neben ihn und rief stolz in die Sängerrunde:

»Ich habe euch etwas mitzuteilen! Das ist Francesco Novi, er ist ein sehr begabter junger Maler und wird in einer Woche seine Bilder in der Weinstube ausstellen. Ich möchte euch hiermit alle herzlich zur Vernissage am nächsten Samstag einladen!«

Meine Mitsänger und einige andere Gäste begannen spontan zu applaudieren. Dann verteilten Francesco und ich die Einladungskarten, und wir baten, für die Ausstellung zu werben.

»Davon hast du mir ja gar nichts gesagt«, meinte Lilli gekränkt.

»Es sollte eine Überraschung sein!«, log ich ziemlich schlecht. Lilli machte ein beleidigtes Gesicht. Seit ich Doris kennen gelernt hatte, hatte ich Lilli in der Tat etwas vernachlässigt. Früher hätte ich ihr diese Neuigkeit sicher gleich erzählt, aber durch die vielen Turbulenzen in den letzten Tagen hatte ich es einfach vergessen!

»Lilli, es tut mir Leid, aber ich bin nicht dazu gekommen, es dir zu sagen. Es sind so viele Dinge in der Zwischenzeit passiert, aber hier können wir nicht ungestört reden. Ich rufe dich morgen Vormittag an und erzähle dir alles, okay?«

»In Ordnung«, meinte sie und setzte ein fröhlicheres Gesicht auf.

Francesco verabschiedete sich wieder. Meine Mitsänger fingen natürlich sofort an, sich über ihn zu unterhalten.

»Wie bist du denn auf diesen Paradiesvogel gekommen?«, fragte Thea, die nicht nur äußerlich eher zur biederen Sorte gehörte.

»Er wurde mir empfohlen, und selbstverständlich habe ich mir seine Bilder vorher angesehen und für gut befunden.«

»Verstehst du denn etwas davon?«

»Nicht direkt, aber Bilder sind doch immer Geschmackssache.«

»So kann man das nicht sagen, es gibt sehr wohl einen Unterschied zwischen guten und schlechten Bildern.« Hans war aufgrund seiner Sponsorentätigkeit wahrscheinlich der Meinung, er verstünde mehr davon als ich.

Ich ließ der Diskussion ihren Lauf. Je mehr darüber gesprochen wurde, desto neugieriger wurden die Leute auf die Bilder. Das war die beste Werbung!

»Ach, die Kunst«, fing Chorsprecher Ullrich plötzlich an zu jammern, »ich wünschte, wir könnten endlich wieder zusammen singen!«

»Warum machen wir das eigentlich nicht?«, meldete sich Irmi zu Wort. Irmi war sehr engagiert, was das Chorleben außerhalb der Proben betraf. Sie hatte immer die besten Ideen für das Motto des jährlichen Chorfaschings, und sie fand stets die lohnendsten Ziele für einen Chorausflug. »Es gibt doch genug Stücke, die wir im Schlaf können! Dazu brauchen wir doch keinen Dirigenten.«

»Du meinst, wir sollen uns im Gottesdienst einfach hinstellen und etwas zusammen singen?«, fragte ich zurück.

»Natürlich, es muss ja nicht gleich eine ganze Messe sein, aber vielleicht zwei, drei Stücke.«

»Warum nicht, das machen wir! Es ist Fastenzeit, da haben wir immer ›Sicut cervus‹ und ›Ecce, quomodo moritur justus‹ gesungen. Das haben wir doch drauf«, sagte Ullrich mit Überzeugung.

»Und Maja mit ihrem absoluten Gehör gibt die Töne an!«, rief Irmi in die Menge.

Ich sah mich bereits in Gedanken, wie ich die Töne und danach einen professionellen Einsatz gab. Das musste ich unbedingt noch vor dem Spiegel üben, beschloss ich sofort mit großem Eifer. Ha, so kann es gehen, vor zwei Wochen wollte mich Herr Feldberg aus dem Chor werfen und jetzt stehe ich an seiner Stelle und gebe den Einsatz!

Ich war überaus zufrieden mit der neuen Entwicklung.

13

Das darf doch nicht wahr sein!

Völlig außer mir legte ich am Samstagmorgen die Zeitung beiseite und versuchte, mich wieder zu beruhigen. Auf der fünften Seite stand ein großer Artikel über die Ermordung von Herrn Ammer, aus dem hervorging, dass ich etwas mit dessen Tod zu tun haben könnte. Der Verfasser des Artikels hatte nach eingehenden Recherchen herausgefunden, dass Ammer ursprünglich von ein und derselben Person aufgefunden wurde wie der ermordete Herr Feldberg. Man müsse sich jetzt die Frage stellen, ob es wirklich Zufall sein konnte, dass diese Person beide Male am Tatort gewesen war. Außerdem gab es Zeugen dafür, dass Herr Ammer mit der besagten Person mehrmals vor seinem Tod Kontakt hatte.

Ich wählte die Handynummer von Kommissar Scheffel.

»Frau Kuckuck, bitte regen Sie sich nicht auf! Das ist nur die Reaktion der Presse darauf, dass ich bestimmte Ermittlungsergebnisse zurückgehalten und nicht an die Journalisten weitergegeben habe. Die schustern sich jetzt aus irgendwelchen Halbwahrheiten eine Story zusammen, nur um mich zu ärgern, aber ich lasse mich nicht erpressen! Wenn ich der Meinung bin, dass die Ermittlungen dadurch behindert werden könnten, wenn zu viel darüber in den Zeitungen steht, dann gebe ich gewisse Informationen eben nicht heraus.«

»Aber Herr Kommissar, wie stehe ich denn jetzt da? Die ganze Stadt weiß, dass ich gemeint bin!«

»Da müssen Sie eben drüberstehen, Frau Kuckuck. Schließlich entspricht es den Tatsachen, dass Sie die beiden Toten gefunden haben.«

Na der ist lustig, dachte ich stinksauer. Kommissar Scheffel führt mit der Presse einen Kleinkrieg, ich soll dafür den Kopf hinhalten! Aber nicht mit mir!

Erbost suchte ich die Nummer vom Tagblatt heraus. Als ich gerade mit dem Wählen begann, besann ich mich eines Besseren und legte wieder auf.

Was hatte ich für einen Nutzen davon, wenn ich bei der Zeitungsredaktion einen Aufstand machte? Geschrieben ist geschrieben! Diese Schreiberlinge werden ihr Fett schon noch abbekommen und sich anständig blamieren, wenn die Wahrheit erst ans Licht kommt! Mit ihren falschen Verdächtigungen hat sich die Zeitung letzten Endes nur selbst geschadet. Ich versuchte, den Ärger wieder abzuschütteln und wandte mich einem erbaulicheren Thema zu. Dazu stellte ich mich vor den Badspiegel und studierte mit ausladenden Armbewegungen die verschiedensten Einsätze ein, von weich fließend bis temperamentvoll und eckig. So recht konnte ich mich noch nicht entscheiden, wie ich die Sache morgen angehen sollte. Ich fand mich in allen Varianten gut!

Da klingelte das Telefon. Ullrich war dran und wollte wissen, ob es wahr sei, was in der Zeitung stand, dass ich auch Herrn Ammer gefunden hatte.

»Ja, das ist wahr, aber da die Leiche gleich darauf wieder verschwunden war, hat mir niemand geglaubt, deswegen zog ich es vor, nicht darüber zu sprechen.«

Ich erzählte Ullrich von dem Brief, in dem mich angeblich Herr Ammer dazu aufgefordert hatte, in seine Wohnung zu kommen und wie ich ihn anschließend dort fand.

»Das ist ja fürchterlich! Na, jedenfalls bin ich froh, dass ich jetzt weiß, wie die Dinge stehen. Ich habe mir ernsthaft Sorgen gemacht.«

»Keine Angst, es geht mir gut. Hast du übrigens schon mit dem Pfarrer besprochen, dass wir morgen singen wollen?«

»Ja, und er hat gemeint, wenn wir uns das zutrauen, hätte er nichts dagegen.«

»Natürlich trauen wir uns das zu! Ich gebe die Töne und den Einsatz, was soll da schief gehen?«

Gleich nachdem ich den Hörer aufgelegt hatte, rief Irmi bei mir an.

»Maja, Gott sei Dank, ich habe schon gedacht, du sitzt im Gefängnis!«

Ich wiederholte Irmi die ganze Geschichte und anschließend noch mindestens fünf weiteren Chormitgliedern, bis ich endgültig die Nase voll hatte und den Anrufbeantworter einschaltete.

Das Telefon ging pausenlos, ich entschloss mich genervt zu einem Spontanbesuch bei Lilli.

Nachdem ich Lilli lückenlos alles berichtet hatte, was sich in den letzten Tagen zugetragen hatte, machte sie ein merkwürdig spitzes Gesicht und meinte:

»Diese Doris muss ja eine tolle Person sein! Seit sie aufgetaucht ist, bin ich nicht mehr so wichtig!«

Ich begann herzhaft zu lachen. »Bist du vielleicht eifersüchtig?«

»So ein Blödsinn, aber ich würde dieser Frau nicht über den Weg trauen! Zuerst verheimlicht sie dir, dass Francesco ihr Sohn ist, dann stellt sich heraus, dass sie einen Grund hatte, Herrn Ammer zu hassen. Schließlich macht sie auch noch dunkle Geschäfte mit irgendwelchen Kulturgutschmugglern. Ist dir noch nie der Gedanke gekommen, dass sie diese Scherbe vielleicht bei Achim Rottenkolber bestellt haben könnte?«

Das war typisch, Lilli vermutete gleich wieder das Schlimmste. Sie schlug in dieselbe Kerbe wie Viola, aber das lag bestimmt nur daran, dass die beiden Doris nicht kannten. Oder war Doris doch mehr in die Sache involviert, als ich mir vorstellen konnte?

Ich verließ Lilli und hatte das dringende Bedürfnis, ein Paar Schuhe zu kaufen, meine Stimmung verlangte nach einer Aufhellung. Grübelnd trottete ich in der Unteren Hauptstraße vor mich hin, da hörte ich lautes Scheppern. Sofort versammelten sich die Leute am Bürgersteig vor dem Woolworth und gafften teils grinsend, teils kopfschüttelnd auf die Fahrbahn. Ein Stadtbusfahrer hatte per Fernbedienung die beiden Poller in die Erde versenkt, die der nachfolgende Pkw-Fahrer nicht gesehen hatte, dann fuhr der Bus ungehindert weiter. Als der Pkw von den wieder nach oben fahrenden Pollern vorne aufgebockt wurde, war die Aufregung groß. Der offenbar nicht ortskundige Fahrer warf mit lauten Flüchen um sich und brauchte für den Spott der Leute nicht zu sorgen. Da ich schon mehrmals Zeugin einer ähnlichen Szene geworden war, ging ich weiter und steuerte auf das nächste Schuhgeschäft zu, wo ich mir ungemein elegante, feuerrote Seiden-Pumps kaufte, die ich beim nächsten Konzert im Asamsaal tragen würde.

Ich staunte nicht schlecht, als gegen neun Uhr Oberbürgermeister Bergnagel in Begleitung seiner Frau die Weinstube betrat. Bergnagel war ein seltener Gast in meinem Lokal. Gelegentlich kam er im Kreis von einigen Stadträten vorbei, wobei sich die Gespräche ausschließlich um Politik drehten. Als Privatmann zusammen mit seiner Gattin hatte ich ihn erst zwei oder drei Mal bei mir gesehen.

Ich ging auf ihn zu und begrüßte ihn förmlich.

»Guten Abend, Frau Kuckuck! Haben Sie einen angenehmen Platz für meine Frau und mich?«, fragte er höflich und sah sich in der Weinstube um. Ich führte die beiden an einen freien Ecktisch und brachte die Weinkarte.

»Ich habe von meiner Mitarbeiterin Frau Winter gehört, dass Sie hier eine Bilderausstellung machen werden. Das halte ich für eine hervorragende Idee! Der Name des Künstlers sagt mir zwar gar nichts, aber jeder muss einmal klein anfangen, nicht wahr?«, meinte er großzügig und schlug die Weinkarte auf.

Nach einem kurzen Blick auf das reichhaltige Angebot klappte er die Karte wieder zu und bestellte eine Flasche Riesling aus dem Rheingau. Natürlich erwartete er von mir als Chefin des Hauses, dass ich ihn persönlich bediente. Ich brachte die Gläser, den Wein und einen Weißweinkübel zur Kühlung an seinen Tisch und entkorkte die Flasche. Nachdem er probiert und genickt hatte, schenkte ich auch seiner Frau ein.

»Wir würden es sehr begrüßen, wenn Sie einen Schluck mit uns trinken würden«, meinte er, während ich sein Glas auffüllte.

Ich gab Andreas einen Wink und setzte mich dazu. Andreas kam sofort mit einem weiteren Glas angeflogen und goss mir ebenfalls von dem Wein ein. Über was wollte denn der Oberbürgermeister auf einmal mit mir plaudern? Normalerweise ging unser persönlicher Kontakt nicht über die Bestellung und das Bezahlen der Rechnung hinaus.

»Zum Wohl!« Bergnagel hob sein Glas, wir nahmen alle drei einen Schluck vom trockenen Weißwein.

»Sie haben ja einiges erlebt in den letzten Tagen! Wie nahe geht einem so etwas, wenn man innerhalb einer Woche zwei Tote findet?«

»Ach, im ersten Moment ist man natürlich geschockt, aber nach einer gewissen Zeit legt sich die Aufregung wieder«, antwortete ich nichts sagend.

»Wie ich gehört habe, waren Sie mit beiden Opfern bekannt?«, stellte er in fragendem Ton fest.

»Ja, bei Herrn Feldberg habe ich im Chor gesungen, Herrn Ammer habe ich eher zufällig ein paar Tage vor seinem Tod kennen gelernt.«

»Aber er hat Sie doch noch kurz vor seinem Tod besucht?«, fuhr er mit dem eigenartigen Verhör fort.

»Woher wissen Sie das?«, fragte ich zurück.

»Er hat es mir erzählt. Er war sehr aufgeregt und meinte, er müsse unbedingt mit Ihnen sprechen und deshalb könne er einen bereits länger bestehenden Termin mit mir nicht wahrnehmen.«

Aha, daher wehte der Wind. Der OB wollte wissen, worüber Herr Ammer und ich am fraglichen Nachmittag gesprochen hatten.

Ich ließ ihn etwas zappeln und sagte von mir aus erst einmal gar nichts. Bergnagel nahm einen großen Schluck Wein und fragte dann ungeduldig:

»Was wollte er denn so Dringendes von Ihnen?«

»Er wollte wissen, ob ich mich inzwischen an den Mann

aus der Kirche erinnern konnte, mit dem ich zusammengestoßen bin, bevor ich Herrn Feldberg gefunden hatte.«

»Aber nach Aussage der Polizei haben Sie den Mann doch nicht erkannt?«

»Das habe ich Herrn Ammer auch noch mal gesagt.«

»Und das war alles?«

»Ja. Warum?«

»Ich verstehe nicht, warum diese Frage so dringend gewesen sein soll!«, schnaubte er aufgeregt über den Tisch.

»Günther!« Seine Frau mahnte ihn zur Ruhe, ansonsten war sie schweigsam wie ein Fisch.

Ich stand auf und entschuldigte mich, ich musste mich um andere Gäste kümmern.

Weswegen unterzog mich der Oberbürgermeister diesem merkwürdigen Verhör? Meine innere Stimme sagte mir, dass es besser war, nicht zu viel mit ihm über die Sache zu sprechen. Nach allem, was heute in der Zeitung stand, musste ich auf der Hut sein. Es gab Leute, die mir aus ein paar zufälligen und schicksalhaften Begebenheiten einen Strick drehen wollten!

14

Ich stand vor dem Badspiegel und versuchte, mich für einen meiner einstudierten Einsätze zu entscheiden. Langsam wurde ich etwas nervös. In einer Stunde würde es ernst werden, und alle Augen würden auf mich gerichtet sein! Das Dumme daran war, dass ich vor der Messe nicht ein einziges Mal ausprobieren konnte, ob meine Einsätze auch funktionierten! Vielleicht sollte ich den ersten Einsatz doch eher stürmisch und furios geben, damit auch der letzte Tenor begriff, dass er jetzt dran war. Außerdem konnte es nicht schaden, wenn ich bis zum Alteinsatz im Tenor mitsänge. Die tiefe Lage war ja kein Problem für mich. Froh darüber, dass ich mir endlich über meine Vorgehensweise im Klaren war, sang ich mich noch ein wenig ein und machte mich anschließend auf den Weg zur Kirche.

Ich war eine der Ersten, die auf der Empore eintrafen. Michael war ebenfalls schon dort und kam auf mich zu.

»Guten Morgen, Frau Kuckuck, ist es wahr, dass Sie heute den Chor leiten?«, fragte er mich mit einer Mischung aus ungläubigem Staunen und Ehrfurcht.

»Das wäre zu viel gesagt, aber ich gebe die Töne und die Einsätze!«

»Ja und dann? Wer dirigiert dann weiter?«, fragte er noch ungläubiger als vorher.

»Niemand, wenn's mal läuft, dann läuft's«, klärte ich ihn auf. Der Junge hatte wirklich keine Ahnung vom Chorsingen.

Langsam füllte sich die Kirche, auch die Chorsänger waren mittlerweile vollständig anwesend. Ullrich teilte die Noten aus und verbreitete gute Laune. Im Sopran gab es ein paar ängstliche Studentinnen, die dreinblickten, als führe man sie zum Schafott.

»Nur Mut, wir sind doch ein eingespieltes Team«, versuchte Ullrich beruhigend auf sie einzuwirken.

Die Ministranten läuteten zum Einzug, die Messe nahm ihren Lauf. Nach einer Predigt, die mir wie eine Ewigkeit vorkam, stellte sich der Chor allmählich in Position, ich nahm meinen Platz hinter dem Dirigentenpult ein. Huch, war das aufregend! Wenn mich Viola und meine Enkelkinder jetzt sehen könnten!

Nach bewährter Dirigentenmanier hob ich die Noten von »Sicut cervus« in die Höhe und hielt sie dem Chor vor die Nase, damit jeder das richtige Blatt zur Hand nehmen und gegebenenfalls die Stimmbänder durch nervöses Hüsteln von Schleim und anderen Fremdkörpern befreien konnte.

Der Pfarrer hatte die Fürbitten beendet, endlich kamen wir an die Reihe!

Ich gab dem Tenor ein gut hörbares As und forderte ihn mit energischen Handbewegungen dazu auf, das As lauter nachzusummen. Alle waren an Bord, es konnte losgehen!

Entschlossen machte ich einen leichten Ausfallschritt nach hinten und holte kräftig mit den Armen aus. Dann schleuderte ich impulsartig beide Arme von unten nach oben in Richtung Tenor, wobei ich mit der rechten Hand das Notenpult umwarf. Trotz des donnernden Schlages, den das stürzende Pult verursachte, setzten die Tenöre enthusiastisch ein. Laut mitsingend stieg ich in meinen schwarzen Stöckelschuhen über das liegende Notenpult und nahm meinen Platz im Chor ein, während Irmi meine Noten vom Fußboden aufhob und sie mir gerade rechtzeitig zum Alteinsatz überreichte. Alles klappte perfekt! Einen Takt später gesellten sich die Sopranistinnen hinzu und kurz darauf der Bass. Was für ein wunderbarer Klang, was für ein herrliches Stück! Klang das Stück nach der ersten Seite schon immer so merkwürdig? Irgendetwas stimmte nicht mehr. Seit wann war Palestrina so modern?

Mir wurde auf einmal ganz heiß! Wir waren völlig auseinander! Der Sopran sang bereits Takt 39, wir waren immer noch in Takt 38! Der Bass hatte Pause, aber was sang eigentlich der Tenor? O nein, die Tenöre trafen gerade seelenruhig in Takt 36 ein! Hilfe, was machen wir jetzt? Nach welcher

Stimme würde sich der Bass bei seinem nächsten Einsatz richten? Die Bässe entschieden sich für ihre männlichen Kollegen und wurden in Eintracht mit dem Tenor immer langsamer. Das machte die Soprane erst richtig nervös, sie dachten jetzt offenbar, sie wären zu langsam. Der Sopran zog ab wie eine Rakete und blätterte bereits um, während die Herren noch drei Takte auf der vorigen Seite zu singen hatten! Daraufhin teilte sich der Alt in zwei Lager, die jüngeren Semester hechelten aufgescheucht dem Sopran hinterher, der restliche Alt wartete taktvoll auf die immer langsamer werdenden Männer. Es klang einfach schaurig! Aus dem Augenwinkel heraus konnte ich erkennen, dass sich Michael inzwischen vorne an die Brüstung gestellt hatte, damit jeder sehen konnte, dass er mit dieser akustischen Entgleisung nichts zu tun hatte. Ohren zu und durch, lautete die Devise, jetzt bloß nicht aufhören! Der Sopran hielt bereits seinen Schlusston aus, begleitet von einem dünnen Kontrapunkt der sympathisierenden Altistinnen. Eine Ewigkeit später erreichte der übrige Alt mit den Männern im Schlepptau das letzte Notensystem.

Wenigstens besaßen die Sopranistinnen noch den Anstand, ihren Schlusston mittels chorischer Atmung so lange auszuhalten, bis die Letzten im Ziel waren. So eine Blamage! Dabei hatte alles so gut angefangen!

Der Pfarrer hielt inne und musste das soeben Gehörte erst einmal verdauen. Betretenes Schweigen und noch betretenere Gesichter, wohin man auch sah. Endlich nahm der Pfarrer den Faden wieder auf. Der Chor wagte, tief durchzuatmen.

Ich tat etwas Sinnvolles und stellte das Notenpult wieder hin.

Na gut, die Sache ging daneben, aber wir hatten ja noch eine zweite Chance und konnten mit dem »Ecce, quomodo moritur justus« alles wieder gut machen.

Da kam Ullrich mit hochrotem Kopf auf mich zu und flüsterte: »Kannst du dem Organisten sagen, dass er zur Kommunion irgendetwas spielen soll?«

»Aber wir ...«

»Nein, Maja! Du hast doch gehört, dass es nicht funktioniert!«, fuhr er mich streng an.

Also an mir hatte es nicht gelegen, ich hatte meine Sache gut gemacht! Leicht eingeschnappt wegen Ullrichs rüdem Ton setzte ich mich zu Michael auf die Orgelbank.

»War es sehr schlimm?«, fragte ich leise.

»Ja«, sagte er prompt, sonst nichts.

Hm, das war's dann wohl. Ich hatte mich schon auf eine späte Karriere als Ersatzchorleiterin eingestellt, aber es war mir offenbar nicht vergönnt!

Frustriert und schweigend verließ ich nach der Messe die Kirche.

»Frau Kuckuck!«, rief mir eine Verkäuferin von der Bäckerei hinterher. »Frau Kuckuck, so bleiben Sie doch stehen!«

Es waren ein paar Leute vor der Kirchentür, von denen einige auch vor zwei Wochen nach der Messe auf mich gewartet hatten und die sich dieses Mal aus erster Hand über den Tod von Herrn Ammer informieren wollten.

»Die Polizei hat mir verboten, darüber zu sprechen«, log ich eiskalt für den Fall, dass sich wieder ein Journalist unter die Menge gemischt haben sollte. Als ich bereits am Ristorante Portofino vorbeigegangen war, überlegte ich es mir anders. Ich kehrte wieder um, packte die Gelegenheit beim Schopf und verteilte Einladungskarten für die Vernissage an die umstehenden Personen.

»Haben Sie tatsächlich auch diesen Ammer gefunden?«, versuchte ein alter Stammgast der Weinstube noch einmal hartnäckig, etwas aus mir herauszuquetschen.

»Tut mir Leid«, sagte ich schulterzuckend und machte mich auf den Heimweg. Ich war nicht in Stimmung, als Heldin vom Platz zu gehen.

Nachdem ich zu Hause angekommen war, fiel mir siedend heiß ein, dass ich vergessen hatte, den Kuchen für Francescos Geburtstag zu backen. Glücklicherweise hatte ich die nötigen Zutaten im Haus und machte mich sofort ans Werk.

Um halb drei kam Doris zu mir, um mich abzuholen. Ich hatte einen Marmorkuchen gebacken und rings herum kleine Kerzen hineingesteckt.

»Das sieht ja reizend aus!«, rief Doris fröhlich. »Maja, was machst du denn für ein Gesicht?«

Ich erzählte Doris von dem missglückten Chorauftritt und dass sich der gesamte Chor einschließlich meiner Wenigkeit jetzt fürchterlich schäme.

»Ach, Maja, ich glaube, du machst dir viel zu viele Gedanken. Ich wette, dass der Großteil der Kirchgänger gar nichts bemerkt hat und einfach nur der Meinung war, es handle sich um ein modernes Stück!«

Wahrscheinlich war es tatsächlich so, ich beschloss, mir den Sonntag nicht weiter durch dieses Missgeschick verderben zu lassen. Dann transportierte ich den Kuchen auf eine Tortenplatte mit Haube, und wir marschierten los.

»Stell dir vor, gestern Abend kam dein Chef nebst Gattin in die Weinstube und wollte mich aushorchen, was Herr Ammer an jenem Nachmittag vor seinem Tod zu mir gesagt hatte.«

»Sieh an! Da wird offenbar jemand nervös.«

»Wie meinst du das?«

»Bergnagel und Herr Ammer waren sehr gut bekannt, um nicht zu sagen befreundet. Ich bin sicher, dass Herr Ammer genau wusste, wer die geheimen Geldgeber des OB in Sachen Kultur sind und dass sich der OB, vorsichtig ausgedrückt, diesen Geldgebern gegenüber verpflichtet fühlt, bestimmte Spezialgebiete der Kunst zu unterstützen. Ich glaube, er bekommt es jetzt mit der Angst zu tun, dass dir Herr Ammer irgendetwas darüber erzählt haben könnte.«

»Herr Ammer hat lediglich von einem Kunstliebhaber gesprochen, der antike Heiligenfiguren sammelt. Leider hat er keinen Namen genannt.«

»Gott sei Dank hat er keinen Namen genannt! Vielleicht wärst du sonst ebenfalls nicht mehr am Leben!«

Ich ließ mir durch den Kopf gehen, was Doris gerade gesagt hatte. Sie hatte Recht, solange ich von nichts wusste, war ich auf der sicheren Seite. Nur dass die sichere Seite meine Neugierde in keinster Weise befriedigte! Wir ersparten uns den ersten steilen Anstieg des Unteren Graben und machten einen kurzen Schlenker am Weissbräu Huber vorbei, wo gerade ein paar Mitglieder der Freisinger »Königstreuen« nach einem ausgiebigen Sonntagsfrühschoppen mit der frischen Februarluft konfrontiert wurden. Ich grüßte freundlich hinüber, da sich unter den Herren auch zwei regelmäßige Gäste der Weinstube befanden.

»Wieso läufst du so schief?«, fragte Doris, als wir den Unteren Graben passierten.

»Weil ich durch die Kuchenplatte nicht zum Boden sehen kann und der Kuchen soll schließlich heil ankommen«, klärte ich sie auf, worauf Doris schallend lachte.

»In ein paar Jahren wirst auch du deine Stöckelschuhe in den Schrank verbannen und Gesundheitslatschen tragen, die deinem Alter angemessen sind«, witzelte sie schadenfroh in ihren flachen Mokassins.

»Niemals!«, rief ich mit Überzeugung. »Ich bin eine Person des öffentlichen Lebens, da kann ich mir so etwas nicht leisten!«

»Mein Gott, Maja, bilde dir doch keine Schwachheiten ein! Die Leute schauen bei dir ins Glas und nicht auf deine Schuhe.«

»Hast du eine Ahnung! Als Veranstalterin von Vernissagen werde ich mich in Zukunft sowieso etwas flippiger stylen.«

»Na da kannst du dich ja gleich von Francesco beraten lassen!«

Der Mittlere Graben hatte bei Sonnenlicht fast einen südländisch heiteren Charakter, ich konnte mir kaum vorstellen, dass ich mich hier vor einigen Tagen in der Dunkelheit so geängstigt hatte.

Doris klingelte an Francescos Haustür, während ich mit meiner Kuchenplatte dahinter stand und wartete. Nach einiger Zeit klingelte Doris abermals, aber Francesco öffnete nicht.

»Komisch, das ist eigentlich nicht seine Art. Normalerweise ist er absolut zuverlässig, wenn wir uns verabredet haben. Na ja, vielleicht kommt er gleich. Ich habe einen Schlüssel«, sagte Doris und sperrte auf.

Die Sonne schien hell durch die Fenster des Ateliers, alles war im Gegensatz zu meinem letzten Besuch fein säuberlich aufgeräumt. Die Pinsel standen ausgewaschen in den Gläsern, es lagen weder verschmierte Lappen noch irgendwelche Tuben oder Farbtöpfe auf dem großen Tisch in der Mitte des Zimmers.

»Zumindest hat er für uns Ordnung gemacht, wenn er schon zu spät kommt«, bemerkte Doris. »Am besten wir gehen nach oben, ich setze gleich das Wasser für den Kaffee auf.«

Wir stiegen die Treppen zum ersten Stock hoch, Doris führte mich in Francescos Wohnzimmer. Es war sehr karg eingerichtet, die Wände waren jedoch völlig überfrachtet mit bemalten Papyrusrollen und diversen Bildern und Postern, auf denen ägyptische Motive zu finden waren. Neugierig wie ich bin, ging ich zu Doris in die Küche, um mich auch in der restlichen Wohnung umzusehen. Im Flur hingen noch mehr Fotos, die Francesco zusammen mit seiner Mutter in Ägypten zeigten.

»Ah, du siehst dir die Fotos an! Warst du auch schon mal in Ägypten?«, fragte Doris, die gerade mit Kuchentellern aus der Küche kam, um den Tisch im Wohnzimmer zu decken.

»Nein, leider nicht! Kann ich dir helfen?«

»Ich bin gleich fertig. Wo bleibt nur Francesco? Er hätte zumindest anrufen können, wenn er sich verspätet.«

Doris brachte die Kaffeetassen und den Kaffee ins Wohnzimmer und meinte: »Ein Tässchen können wir ja schon mal trinken.«

Sie goss uns ein und nahm etwas Milch und Zucker.

»Ha, das Wichtigste hätte ich fast vergessen«, sagte sie plötzlich und sprang auf, um ein kleines, hübsch eingepacktes Päckchen aus ihrer Handtasche im Flur zu holen. Sie legte es stolz neben Francescos Teller und flüsterte mit diebischer Freude: »Nichts verraten!«

Dann erzählte sie mir ein paar Anekdoten von den gemeinsamen Ägyptenreisen mit Francesco.

Die Zeit verging wie im Flug, irgendwann stellten wir fest, dass es bereits halb fünf war.

»Also allmählich mache ich mir Sorgen! Ich verstehe nicht, warum er sich nicht einmal meldet, wenn er verhindert ist! Hoffentlich ist ihm nichts passiert!«

»Vielleicht muss er im Café arbeiten?«

»Nein, das glaube ich nicht. Sonntag ist immer sein freier Tag, außer er hat mit jemandem getauscht. Aber das hätte er mir doch gesagt, er kann doch nicht vergessen haben, dass er heute Geburtstag hat!«

»Wie wär's, wenn wir einfach dort anrufen?«, schlug ich vor.

»Na schön«, meinte Doris skeptisch und fragte im Café Luitpold nach. Dort sagte man ihr, dass Francesco heute frei habe.

»Jetzt schneiden wir trotzdem deinen leckeren Kuchen an. Wenn er so spät kommt, darf er sich auch nicht beschweren, dass wir ohne ihn angefangen haben.«

Doris versuchte, ihre Unruhe zu überspielen. Wo konnte der Kerl bloß stecken?

»Wenn er in einer halben Stunde nicht hier ist, rufe ich die Polizei an.«

Ich erzählte ihr ein paar Geschichten über meine Enkelkinder, um sie abzulenken, aber sie war in Gedanken weit weg.

Um fünf Uhr griff Doris zum Telefon und rief bei der Polizei an.

Nachdem sie die Situation geschildert hatte, wollte der Beamte am anderen Ende der Leitung wissen, wie alt Francesco sei.

»Achtundzwanzig!«, antwortete Doris.

Daraufhin erklärte ihr der Beamte, dass eine zweistündige Verspätung bei einem achtundzwanzigjährigen Mann noch kein Grund sei, eine Großfahndung einzuleiten. Doris legte frustriert wieder auf.

»Die sagen, wenn er bis morgen früh nicht aufgetaucht ist,

soll ich mich wieder melden. Und was ist, wenn ihm etwas zugestoßen ist?«

»Jetzt mal doch nicht gleich den Teufel an die Wand! Ich bin sicher, dass es eine ganz einfache Erklärung dafür gibt, dass er uns versetzt hat. Vielleicht hat er seinen Geburtstag ja tatsächlich vergessen, so etwas soll es geben!«

»Das kann ich mir nicht vorstellen. Irgendetwas stimmt nicht.«

Ich leistete ihr noch bis sieben Uhr Gesellschaft und verabschiedete mich dann, um die Weinstube pünktlich öffnen zu können. Andreas hatte sich für heute Abend frei genommen, ich war mit den beiden Studenten alleine.

»Bitte ruf mich an, wenn er wieder da ist. Ich bin sicher, er wird bald auftauchen oder sich zumindest melden.«

»Hoffentlich! Ich bleibe auch nicht die ganze Nacht hier, obwohl ich zu Hause wahrscheinlich kein Auge zu tun werde, wenn ich bis dahin nichts von ihm gehört habe!«

Sie tat mir Leid. Als Mutter konnte ich ihre Sorge gut nachvollziehen, auch wenn Francesco bereits erwachsen war.

Michael ging seiner gewohnten Arbeit in der Küche nach und sagte kein Wort mehr zu unserem missglückten Gesang am Morgen. Einerseits war ich ihm dafür dankbar, andererseits hätte er höflichkeitshalber noch einmal darauf hinweisen können, dass es so schlimm auch wieder nicht war. Schließlich hatten wir das Stück bis zum Ende durchgezogen und einen Totalschmiss erfolgreich verhindert! Auch das war eine Kunst, von der er als Chorlaie offenbar keine Ahnung hatte.

Gegen neun Uhr betrat Ullrich überraschend die Weinstube.

»Maja, ich muss mit dir reden«, sagte er in ernstem Ton und nahm an einem freien Tisch Platz. »Gabi und Berthold werden auch gleich kommen.«

Ich setzte mich kurz zu ihm, obwohl ich alle Hände voll zu tun hatte.

»Andreas ist heute nicht da, deshalb kann ich nicht lange sitzen bleiben«, erklärte ich Ullrich.

»Maja, ich möchte dir noch einmal sagen, dass du deine Sache heute Morgen einwandfrei gemacht hast, aber es reicht eben nicht, nur den Einsatz zu geben. Der Chor braucht jemanden, der vorne stehen bleibt und alle Stimmen zusammenhält. Natürlich muss das jemand sein, der die Grundkenntnisse des Dirigierens beherrscht und der in der Lage ist, sauber einen Takt zu schlagen. Der Pfarrer hat mir am Samstag gesagt, dass er erst in einem halben Jahr mit der Neubesetzung der Kirchenmusikerstelle rechne. Es wäre doch schade, wenn wir so lange nicht sängen, da dachte ich an Gabi. Sie hat Schulmusik studiert und müsste doch fähig sein, den Chor vorübergehend zu leiten. Ich habe sie vorhin angerufen und sie gebeten, hierher zu kommen. Du bist doch einverstanden, oder?«

Ich war völlig vor den Kopf gestoßen. Nach meinem ersten Dirigierversuch, den ich mit Bravour ausgeführt hatte, wollte man mir das Zepter schon wieder aus der Hand reißen!

»Maja, du sagst ja gar nichts.«

»Ich kann auch einen Takt schlagen, wenn es erforderlich ist. Schließlich habe ich dreißig Jahre lang zugesehen, wie man das macht!«

»Maja, sei doch vernünftig, oder kennst du vielleicht die unterschiedlichen Schlagtechniken von einem Dreier- und einem Vierertakt?«

Ullrich hatte Recht. Ich war zweifellos begabt, aber mir fehlten gewisse Grundkenntnisse.

»Also na schön, ich sehe ein, dass Gabi die besseren Voraussetzungen dafür hat als ich. Meinst du, sie macht es?«

»Keine Ahnung, aber das werden wir sie gleich fragen.«

Gabi kam mit Berthold gerade zur Tür herein, Ullrich winkte ihnen zu.

»Macht das bitte alleine, ich muss arbeiten. Aber ich setze mich später wieder zu euch«, sagte ich und stand auf.

Während ich meine Gäste bediente, schielte ich mit einem Auge immer wieder zu Ullrich und Gabi hinüber, aber Gabi schien nicht gerade in einen Freudentaumel zu stürzen. Ullrich gab mir ein Zeichen, ich solle kommen.

»Gabi traut es sich nicht zu«, meinte er hilflos in meine Richtung, »dabei weiß ich genau, dass sie alles hat, was man dafür braucht.«

Während Ullrich das sagte, legte er aufmunternd seine Hand auf Gabis Arm.

»Was meinst du, Maja?«, fragte Gabi unsicher.

»Es stimmt, was Ullrich gesagt hat, du bist die Einzige aus dem Chor, die Musik studiert hat.«

Berthold sagte gar nichts, er starrte auf Ullrichs Hand, die immer noch auf Gabis Arm ruhte.

»Und wie stehst du zu der Sache, Berthold?«, sprach ich ihn an.

»Wenn Gabi das möchte«, meinte er in einem seltsamen Ton.

Ich wurde an einen anderen Tisch gerufen, um neu eingetroffene Gäste bei der Auswahl des Weines zu beraten.

Plötzlich gab es einen Tumult hinter mir. Ich drehte mich um und sah, dass Berthold und Ullrich aufgestanden waren und dass Berthold über den Tisch hinweg mit der rechten Hand Ullrichs Kragen gepackt hatte.

»Ist es dir nicht einmal peinlich, wie du dich in aller Öffentlichkeit an meine Frau ranschmeißt?«, brüllte Berthold.

»Du tickst doch nicht ganz richtig«, konterte Ullrich, »deine Eifersucht ist ja krankhaft!«

»Beruhige dich doch wieder, Berthold, es ist doch gar nichts passiert«, flehte Gabi aufgeregt.

»Ach, jetzt verteidigst du ihn auch noch! Ihr wollt mich wohl für dumm verkaufen, wie? Aber nicht mit mir!«, schrie Berthold und holte mit seiner rechten Faust aus, die eine Sekunde später auf Ullrichs Lippe landete.

»Jetzt reicht's aber!«, schrie ich entsetzt und warf mich zwischen die beiden Männer, doch die Kraft meiner Arme reichte nicht aus, um die Kampfhähne zu trennen. Ullrichs Lippe blutete, eine Frau hinter mir stieß einen spitzen Schrei aus. Ausgerechnet heute war Andreas nicht da!

Andere Gäste standen auf, um Gabi und mir zu Hilfe zu kommen und die beiden inzwischen am Boden ringenden Männer auseinander zu zerren. Stühle fielen um, der Tisch, an dem Ullrich und Berthold gesessen hatten, kippte mitsamt Weingläsern auf den Fuß einer aufschreienden Dame. Endlich gelang es ein paar kräftigen Gästen, Ullrich am Boden festzuhalten und den auf ihn einschlagenden Berthold zu überwältigen. Sie packten ihn und zerrten ihn vor die Tür, während Berthold immer noch Schimpfsalven der unfeinen Art quer durchs Lokal brüllte. Gabi lief laut schluchzend hinterher.

Das darf doch nicht wahr sein, eine Rauferei in meiner Weinstube! Bis auf ein paar verbale Streitigkeiten hatte es in dreißig Jahren noch nie einen Zwischenfall dieser Art gegeben! Mein Gott, wenn sich das herumspricht, ist der gute Ruf der Weinstube ruiniert!

Ullrich war übel zugerichtet, er blutete aus Platzwunden auf der Stirn und der Lippe, sein rechtes Auge war blau zugeschwollen. Ich half ihm auf die Beine und brachte ihn in die Küche, um ihn notdürftig zu verarzten. In der Zwischenzeit versuchten Josef und Michael den Normalzustand in der Weinstube wieder herzustellen.

»Seid ihr verrückt geworden? Mein Lokal ist doch kein Platz für Raufereien!« Ich war stinksauer.

»Du hast doch gesehen, wie er mich angegriffen hat! Ich musste mich doch wehren!«

»Aber doch nicht so! Ihr seid schließlich erwachsene Menschen.«

»Er hat mich eben provoziert«, rechtfertigte sich Ullrich, während ich die Wunde an seiner Stirn zupflasterte.

»Ich würde ins Krankenhaus gehen, vielleicht muss das genäht werden«, riet ich ihm, da der Riss nicht aufhören wollte zu bluten.

»Jeder weiß, dass ich glücklich verheiratet bin. Der Kerl ist doch völlig durchgeknallt«, ereiferte sich Ullrich.

»Aber es ist doch bekannt, dass Berthold rasend eifersüchtig ist! Du hättest ihn eben nicht reizen dürfen!«

»Dass er gleich komplett durchdreht, war mir nicht bekannt.«

»Ich rufe jetzt deine Frau an, dass sie dich abholen und ins Krankenhaus bringen soll«, entschied ich kurzerhand, auch um die leidliche Diskussion der Schuldfrage zu beenden. Außerdem musste ich raus in die Weinstube und mich um Schadensbegrenzung bei meinen Gästen bemühen. Ich wollte mich überall für diesen Zwischenfall entschuldigen und der Dame, der der Tisch auf den Fuß gefallen war, eine exquisite Flasche Wein als Wiedergutmachung schenken.

Nachdem sich die Wogen in der Weinstube wieder geglättet hatten, dachte ich darüber nach, ob ich mir ein Lehrbuch über die Standard-Schlagtechniken der Chorleitung zulegen sollte. Dass Gabi diese Aufgabe nicht übernehmen würde, war nach dem heutigen Abend so gut wie sicher!

15

Ich stöberte in einer Internet-Buchhandlung nach Material zum Thema Chorleitung. Es gab so viel Literatur auf diesem Gebiet, dass ich völlig überfordert war. War ich nun Anfänger oder nicht? Genau genommen war ich eine Fortgeschrittene ohne Schlagtechnik, aber zu diesem spezifischen Thema hatte offenbar noch keiner etwas geschrieben.

Da klingelte das Telefon.

»Guten Tag, Frau Kuckuck, hier spricht Helga Waller vom Freisinger Tagblatt.«

Oje, jetzt war die Nachricht bereits bis zur Zeitung vorgedrungen, dass es gestern Abend in meinem Lokal eine Schlägerei gegeben hatte, schoss es mir augenblicklich durch den Kopf.

»Ja bitte?«, sagte ich kurz angebunden und überlegte schnell, ob ich alles abstreiten sollte.

»Auf Empfehlung von Oberbürgermeister Bergnagel möchten wir einen Bericht über Sie und die bevorstehende Vernissage in der Weinstube schreiben. Wäre es Ihnen recht, wenn ich heute Abend gegen halb neun Uhr bei Ihnen vorbeikommen würde? Ach ja, wir möchten natürlich auch ein Foto von Ihnen zusammen mit dem Künstler in der Weinstube machen. Sie können doch dafür sorgen, dass er anwesend sein wird?«

»Aber selbstverständlich, Frau Waller! Ich freue mich auf heute Abend«, antwortete ich überrascht.

Ha, ein Bericht über mich in der Zeitung! Mit Foto!

Ich lief aufgeregt in meiner Wohnung hin und her und überlegte, was zu tun war. Natürlich, ich musste sofort einen Frisörtermin arrangieren. Gott sei Dank arbeitete mein Frisör Bernd neuerdings auch am Montag, er musste mich unbedingt einschieben, das war ein Notfall! Ich rief ihn an und machte ihm klar, um was es ging. In diesem Fall mache er eine Ausnahme, und ich könne ohne Voranmeldung kommen, meinte er glücklicherweise. Das hätten wir, aber was ziehe ich bloß an? Ich stand vor meinem geöffneten Kleiderschrank und stellte fest, dass ich nichts Geeignetes für diesen Anlass besaß. Dann würde ich eben nach dem Frisör noch ein paar Boutiquen abklappern, beschloss ich kurzerhand. In Hochstimmung zog ich meinen Mantel an und wollte sofort zum Frisör gehen, als mir siedend heiß einfiel, dass Francesco verschwunden war.

Mit vor Aufregung zitternden Fingern wählte ich Doris' Nummer.

»Ich bin's, Maja, ist er schon da?«, fiel ich gleich mit der Tür ins Haus.

»Nein, Maja, er ist immer noch nicht aufgetaucht! Ich bin schon ganz krank vor Sorge, aber ich warte jetzt noch ab, ob er um zwölf Uhr im Café Luitpold zur Arbeit erscheint. Falls er dort auch nicht eintreffen sollte, gehe ich zur Polizei und gebe eine Vermisstenanzeige auf.«

»Hoffentlich taucht er bis dahin wieder auf. Stell dir vor, gerade hat jemand vom Freisinger Tagblatt bei mir angerufen.«

Ich erzählte Doris von dem geplanten Bericht mit Foto und sagte ihr, sie solle mich anrufen, wenn es etwas Neues gäbe.

Das darf doch nicht wahr sein! Ausgerechnet jetzt ist dieser Junge nicht aufzufinden! Zur Not würde ich eben alleine oder mit meinen Angestellten posieren. Das Erscheinen des Artikels würde durch die Abwesenheit von Francesco hoffentlich nicht gefährdet sein.

Ich machte mich auf den Weg zum Frisör und bemühte mich wieder um innere Ruhe.

»Wie immer, Frau Kuckuck?«, fragte Bernd, während er hüftwackelnd auf mich zukam. »Oder möchten Sie etwas Peppigeres haben? Jetzt, wo Sie sich in der Kunstszene bewegen, würde ich zu einem flotteren Schnitt und einer trendigen Farbvariante raten.«

»Finden Sie? Was würde denn zur Kunstszene passen?«

»Das kommt darauf an, wie mutig Sie sind.«

»Ich bin zu allem bereit, Hauptsache, es sieht gut aus«, sagte ich entschlossen und ließ Bernd freie Hand. Dann vertiefte ich mich in die Lektüre über Skandale und Liebschaften an europäischen Königshäusern.

Zwei Stunden später holte mich Bernd unsanft in die Realität zurück, indem er mir das Klatschblatt wegnahm und gespannt fragte: »Na, wie finden Sie es?«

Im ersten Moment traf mich der Schlag, als ich mein Spiegelbild erblickte. Er hatte meine ewig gleichlangen blonden Haare wild gestuft und verschiedenfarbige Strähnen in diversen Rottönen hineingefärbt. Mein neues Outfit war extrem gewöhnungsbedürftig, aber ich musste zugeben, dass mich diese Frisur um etliche Jahre jünger machte und dass sie ohne Zweifel ein Hingucker war.

»Und?«, fragte Bernd noch mal nach, weil ich immer noch nichts gesagt hatte.

»Ist das nicht ein bisschen zu bunt?« Ich war noch leicht verunsichert.

»Aber nein, Frau Kuckuck, Sie können das tragen! Wer im Blickpunkt der Öffentlichkeit steht, muss sich auch entsprechend in Szene setzen.«

»Ach so, na wenn Sie das sagen.« Ich ließ mich überzeugen und beglich meine Rechnung. Anschließend machte ich mich auf den Weg zu einer Boutique in den Altstadt-Galerien, die auch extravagante Modelle in ihrer Kollektion führte. Ich entschied mich für einen schwarzen Hosenanzug mit tiefem Dekolletee und einer auffälligen, silbernen Gürtelschnalle in der Größe eines Kuchentellers.

»Ich finde es großartig, dass eine Frau in Ihrem Alter so viel Mut hat«, bemerkte die Verkäuferin anerkennend.

Wie hatte Sie das gemeint? Aus Sorge, dass meine acht Paar schwarzen Pumps für heute Abend zu bieder sein könnten, legte ich mir in einem italienischen Schuhgeschäft auch noch ein paar hochhackige, silberne Abendschuhe zu.

Zufrieden mit meinem äußerlichen Wandel zur modernen Szenefrau ging ich in das Café Luitpold, um nachzusehen, ob

Francesco endlich aufgetaucht war. Inzwischen war es drei Uhr nachmittags, er hätte längst bei der Arbeit sein müssen, aber ich konnte ihn nirgendwo entdecken.

Ich bestellte einen Käsekuchen und fragte die Bedienung nach Francesco.

»Das würde ich auch gerne wissen, wo sich der herumtreibt! Lässt mich hier einfach im Stich, ich muss die doppelte Arbeit machen«, schimpfte die junge Frau.

Vielleicht war ihm tatsächlich etwas zugestoßen? Ich dachte an Doris und hatte ein schlechtes Gewissen, weil ich die letzten Stunden nicht erreichbar gewesen war.

Obwohl ich es überhaupt nicht ausstehen kann, wenn andere Leute in öffentlichen Lokalen telefonieren, suchte ich nach meinem Handy in der Handtasche und rief Doris im Rathaus an. Dort sagte man mir, sie sei nach Hause gegangen, weil sie sich nicht gut fühle. Also wählte ich ihre Privatnummer.

»Hier ist Maja, ich bin gerade im Café Luitpold und hatte gehofft, Francesco anzutreffen.«

»Er ist nicht zur Arbeit gekommen«, schluchzte Doris, »ich war gerade bei der Polizei und habe ihn als vermisst gemeldet.«

»Doris, ich kann gut nachfühlen, dass du dir schreckliche Sorgen machst, aber Francesco ist ein erwachsener Mann, er kann sicher gut auf sich aufpassen.«

»Ich habe auch schon im Krankenhaus angerufen, weil ich dachte, dass er vielleicht einen Unfall gehabt haben könnte, aber dort wurde er auch nicht eingeliefert.«

»Er kann doch nicht vom Erdboden verschluckt worden sein, er muss einfach wieder auftauchen! Was sagt denn die Polizei?«

»Die haben mich gefragt, ob Francesco Drogen nimmt oder vielleicht ein Alkoholproblem hat, aber das ist doch Blödsinn!«

»Bist du dir ganz sicher?«

»Aber absolut! Ich weiß nicht mehr, was ich jetzt machen soll!« Sie schluchzte wieder stärker.

Ich wünschte, ich könnte ihr helfen, aber außer ein paar banalen, tröstenden Worten fiel mir nichts ein. Ich versprach ihr, mich am Abend wieder zu melden.

So ein Mist! Wenn Francesco keinen plausiblen Grund für sein Verschwinden vorzuweisen hatte, dann würde ich ihm aber gehörig die Meinung geigen. Das tut man seiner Mutter nicht an, und mir gegenüber war es ebenfalls eine Frechheit!

Ich verzehrte den Käsekuchen ohne Genuss und kämpfte gegen meine innere Unruhe an. Drei Männer waren in den letzten zwei Wochen ermordet worden, was wäre wenn …? Nein, nicht auszudenken, ich zwang mich, diesen düsteren Gedanken zu verdrängen, ich wollte das Café so schnell wie möglich verlassen. Der Tag hatte so gut begonnen, jetzt drückten dunkle Schatten auf mein Gemüt.

Um halb acht Uhr hatte ich mich fertig geschminkt und umgezogen. Das Ergebnis konnte sich sehen lassen, aus der gutbürgerlichen Maja Kuckuck war eine modemutige und auffallende Dame geworden. Ich musste unbedingt sicherstellen, dass das Foto in Farbe gemacht wurde, sonst käme meine Frisur gar nicht richtig zur Geltung!

Mit gemischten Gefühlen rief ich erneut bei Doris an. Von Francesco gab es immer noch keine Spur.

»Was soll ich denn den Leuten von der Presse jetzt sagen? Wenn die hören, dass Francesco verschwunden ist, gehen sie womöglich davon aus, dass die Vernissage gar nicht stattfinden wird, dann ziehen sie wieder ab!«

»Ach Maja, es ist mir völlig gleichgültig, was du sagst, ich will nur, dass Francesco endlich wieder auftaucht«, schluchzte Doris mit brüchiger Stimme.

Ratlos ging ich hinunter in die Weinstube. Andreas war bereits da und starrte mich mit weit aufgerissenen Augen an.

»Mach den Mund wieder zu und sag mir lieber, ob es dir gefällt oder nicht«, forderte ich ihn auf.

»Mut hast du, Maja, Respekt!«, sagte er stattdessen. Wahrscheinlich musste er sich erst an seine neue Chefin gewöhnen.

Ich erzählte ihm von der Schlägerei am gestrigen Abend und unterrichtete ihn anschließend über das bevorstehende Zeitungsinterview und über das Verschwinden Francescos.

»Dieser Francesco ist also einfach untergetaucht. Das war ein cleverer Schachzug, das muss man ihm lassen. Eine bessere Promotion für seine Ausstellung hätte er kaum einfädeln können. Stell dir vor, wie die Zeitung in großen Lettern titelt: JUNGER KÜNSTLER KURZ VOR AUSSTELLUNG SPURLOS VERSCHWUNDEN. Da interessiert sich doch auf einmal die ganze Stadt dafür.«

»Von der Seite aus habe ich das noch gar nicht betrachtet! Aber wenn es ein PR-Gag wäre, hätte er doch zumindest seiner Mutter Bescheid gesagt. Die arme Frau ist krank vor Sorge!«

»Wer weiß, vielleicht ist die Mutter eine gute Schauspielerin?«

Hm, dachte ich unsicher, war meine Menschenkenntnis wirklich so schlecht, dass mir Doris eine Komödie hätte vorspielen können, ohne dass ich es bemerkt hätte? Ich wusste nicht mehr, was ich glauben sollte. Jedenfalls war mir diese Möglichkeit lieber als die Sorge, dass Francesco etwas zugestoßen sein könnte.

Michael und Josef betraten gemeinsam die Weinstube und erzählten Andreas noch einmal in allen Einzelheiten die Details der gestrigen Schlägerei. Sie freuten sich diebisch darüber, dass Andreas dieses Ereignis verpasst hatte, während sie hautnah dabei gewesen waren.

Langsam trudelten die ersten Gäste ein. Punkt fünf vor halb neun Uhr öffnete sich die Tür, Oberbürgermeister Bergnagel erschien tadellos gekleidet in der Weinstube. Er blickte durch mich hindurch und schaute sich suchend um.

Ich ging auf ihn zu und streckte ihm die Hand entgegen.

»Ach, Frau Kuckuck, ich habe Sie gar nicht erkannt. Sie sehen ja ganz anders aus! Ist die Presse schon da?«

»Nein, Herr Oberbürgermeister, aber ich wusste gar nicht, dass Sie auch zu dem Termin kommen würden.«

»Aber natürlich, Frau Kuckuck, schließlich habe ich das Ganze arrangiert«, posaunte er durch den Raum.

Ich hätte es wissen müssen, OB Bergnagel wollte sich auch noch auf das Foto zwängen, aber von mir aus. Ein Zeitungsfoto Hände schüttelnd mit dem Oberbürgermeister hatte auch seinen Wert.

Eine Minute später kamen die beiden Damen von der Presse. Die Fotografin schleppte ein Stativ herein und suchte sofort nach einem geeigneten Hintergrund.

»Was ist denn hier los?«, fragte ein Stammgast.

»Nur ein Zeitungsinterview, lassen Sie sich bitte nicht stören!«, klärte ich die staunende Menge auf.

Der Bürgermeister ging auf die andere Journalistin zu und schnaubte: »Da sind Sie ja endlich, Frau Waller. Das ist Frau Kuckuck«, stellte er mich vor.

»Angenehm, Waller«, sagte diese und gab mir die Hand. »Und wo ist der Künstler?«

»Darf ich Sie zuerst einmal bitten, Platz zu nehmen. Es gibt ein Problem«, leitete ich meine Erklärung ein und führte OB Bergnagel und Frau Waller an einen Tisch.

»Ein Problem?«, fragte der Bürgermeister pikiert.

»Francesco Novi, der Künstler, ist seit gestern spurlos verschwunden. Der Polizei liegt bereits eine Vermisstenanzeige vor.«

»Was Sie nicht sagen!«, rief Frau Waller sensationsgierig.

»Wie, verschwunden?«, hakte der Bürgermeister nach. »Soll das heißen, dass die Ausstellung ins Wasser fällt?«

Jetzt musste ich handeln, sonst würden die Damen von der Presse auf der Stelle kehrt machen und aus dem schönen Zeitungsbericht mit meinem Foto würde nichts werden.

»Vielleicht wurde Francesco Novi entführt, weil irgendjemand verhindern will, dass diese Ausstellung stattfindet! Aber die Ausstellung wird stattfinden, ich habe Zugang zu Francescos Atelier, und seine Bilder werden am Samstag hier in der Weinstube hängen«, sagte ich mit Pathos.

Meine kurze Rede schlug bei Frau Waller ein wie eine Bombe. Sie kritzelte aufgeregt in ihrem Notizblock herum, ihre Augen leuchteten.

»Wann haben Sie Francesco Novi zuletzt gesehen? Hatte er sich in den letzten Tagen merkwürdig verhalten? Wie sind Sie ausgerechnet auf ihn gekommen?« Es hagelte Fragen über Fragen.

Ich antwortete ausführlich, erwähnte jedoch nicht, dass Francesco Doris' Sohn war. Diese Tatsache sollte Doris selbst irgendwann klarstellen.

»Dann machen wir jetzt noch ein paar Fotos«, entschied Frau Waller eifrig und bat uns auf die andere Seite der Weinstube, wo ihre Kollegin bereits mit aufgestelltem Stativ auf uns wartete. Sie hatte als Hintergrund ein hohes Gewölbe ausgesucht, es schien sie nicht zu stören, dass zwei voll besetzte Tische mit auf das Foto kommen würden.

Ich stellte mich in Position und wartete auf die Anweisungen der Fotografin, doch die meinte nur: »Herr Oberbürgermeister, wir wären so weit!«

Bergnagel stellte sich neben mich und legte seine Hand von hinten auf meinen Rücken. Dann setzte er sein professionelles Zeitungsfoto-Lächeln auf, der Apparat der Fotografin fing an zu blitzen. Ich verkrampfte meine Gesichtsmuskeln ebenfalls zu einem Lächeln, nach ein paar Sekunden war der Spuk wieder vorbei. Das hatte ich mir anders vorgestellt, aber Zeit ist offenbar Geld bei den Medienprofis. Die Pressedamen und der Bürgermeister verabschiedeten sich, ich zog mich in die Küche zurück, um mir in Ruhe ein kühles Pils zu gönnen.

Hoffentlich hatte ich alles richtig gemacht, oder war die Sache mit der Entführung vielleicht doch zu dick aufgetragen? Interesse hatte ich damit jedenfalls geweckt, das war die Hauptsache. Außerdem könnte Francesco ja tatsächlich entführt worden sein, man musste schließlich alle Möglichkeiten in Betracht ziehen.

Das Telefon riss mich unsanft aus dem Schlaf.

»Frau Kuckuck, wie kommen Sie dazu, einen solchen Blödsinn zu verbreiten! Nicht jeder junge Mann, der ein paar Tage seine Ruhe haben will, wurde gleich das Opfer einer Entführung! Jetzt darf ich mich wieder mit der Presse herumschlagen und den Herrschaften erklären, dass die ganze Sache nur ein Hirngespinst Ihrer werten Person war!«

»Woher wollen Sie denn so genau wissen, dass Francesco nicht entführt worden ist, Herr Kommissar?«

»Ganz einfach, Frau Kuckuck, weil es nämlich weder eine Lösegeldforderung noch sonst irgendwelche Anhaltspunkte gibt, die auf eine Entführung hindeuten. Was glauben Sie, wie viele Menschen täglich in unserem Land verschwinden und ein paar Tage später wieder auftauchen.«

»So wie Herr Ammer«, versetzte ich ihm eine Breitseite.

»Frau Kuckuck, die Vorfälle der letzten Wochen haben Sie völlig durcheinander gebracht! Ich würde es nach wie vor begrüßen, wenn Sie einige Zeit bei Ihrer Tochter entspannen würden.«

»Aber Sie wissen doch, dass das nicht geht. Am Samstag findet die Vernissage in der Weinstube statt, es würde mich sehr freuen, wenn Sie und Ruth dabei wären.«

Der Kommissar legte grußlos auf. Seine schlechte Laune war nicht verwunderlich, schließlich war es der Polizei bis jetzt nicht gelungen, auch nur ein einziges der letzten Verbrechen aufzuklären. Ich war mir sicher, dass ihm von oben gehörig Druck gemacht wurde.

Nachdem ich meinen Morgenmantel übergeworfen hatte, lief ich die Treppen zum Briefkasten hinunter und holte die Zeitung.

Nervös blätterte ich die Seiten durch, bis ich endlich den mit Spannung erwarteten Bericht vor Augen hatte.

So etwas Ärgerliches, das Foto war schwarzweiß! Aber dennoch stellte ich fest, dass ich eine sehr gute Figur auf dem Bild machte. Der Bürgermeister neben mir wirkte wie ein blasses und unscheinbares Männlein. Auch die Atmosphäre der Weinstube im Hintergrund war gut getroffen, die Fotografin beherrschte ihr Handwerk anscheinend auch unter Zeitdruck.

Nachdem ich den Blick wieder von dem Foto abwenden konnte, las ich den dazu gehörigen Artikel.

Als Überschrift titelte Frau Waller: JUNGER KÜNSTLER KURZ VOR AUSSTELLUNG ENTFÜHRT? Dann folgte eine fast wortgetreue Wiedergabe meiner Antworten auf ihre Fragen. Am Ende des Artikels holte Frau Waller zu einem großen Rundumschlag gegen die hiesige Polizei aus. Man frage sich, was die Herren den ganzen Tag machten, weder in der Aufklärung der drei Mordfälle noch bei diversen Diebstahldelikten wie im Fall der gestohlenen Heiligenfigur aus der Kirche St. Peter und Paul könne die Polizei Ermittlungsergebnisse vorweisen. Für eine geplante Entführung gäbe es keine bessere Stadt als Freising, da die Polizei von sich aus nicht einmal die Möglichkeit einer Entführung in Erwägung zog. Man könne nur hoffen, dass der Chef der Kriminalpolizei endlich Hilfe von kompetenterer Stelle anfordere.

Oh, là, là, Kommissar Scheffel hatte heute Morgen wirklich nichts zu lachen, aber es war nicht von der Hand zu weisen, dass Frau Waller in allen Punkten Recht hatte. Ich fand diesen Artikel jedenfalls sehr gelungen und beschloss, gleich ein weiteres Exemplar der Zeitung für Viola zu kaufen.

Das Telefon klingelte abermals.

»Ich bin erschüttert darüber, dass du aus dem Verschwinden meines Sohnes eine Werbekampagne machst! Wie kannst du diese Situation nur so schamlos ausnutzen!«, brüllte Doris in den Hörer und legte wieder auf, ohne mir die Gelegenheit zu geben, etwas dazu zu sagen.

Mit einer solchen Reaktion hatte ich nicht gerechnet. Zuerst ist es ihr gleichgültig, was ich der Presse erzähle, und dann regt sie sich darüber auf! Was hätte ich denn tun sollen? Doris sollte mir dankbar sein, dass ich die Ausstellung unter diesen Umständen nicht sofort wieder abgeblasen hatte und dass ich Francesco immer noch die Stange hielt. Nein, ich ließ mir meine gute Laune und die Freude über den Zeitungsartikel nicht von Doris Winter kaputt machen.

Ich wählte Lillis Nummer und lud mich bei ihr zum Mittagessen ein. Mit irgendjemandem musste ich meinen Aufstieg zur begehrten Person des städtischen Kulturlebens doch feiern!

Gegen vier Uhr wackelte ich beschwipst nach Hause. Lilli hatte zur Feier des Tages mehrere Piccolos aus ihrem Keller geholt, über deren genaue Anzahl ich nach einigen Stunden den Überblick verloren hatte. Was soll's, man muss die Feste feiern, wie sie fallen!

Als ich auf dem kurzen Heimweg von Lilli im tristen Nieselregen um die Ecke bog, sah ich einen Mann im beigefarbenen Trenchcoat vor meiner verschlossenen Haustür stehen. Der Herr klingelte gerade und hielt einen großen Blumenstrauß in der Hand.

Na so was, dachte ich, beschert mir das gelungene Zeitungsfoto etwa gleich einen Verehrer?

Ich ging auf ihn zu, auf einmal musste ich fürchterlich lachen.

»Gabi, du bist es, ich dachte schon, ich hätte einen neuen Verehrer!«

Gabi sah mich an und lächelte erleichtert.

»Schön, dass ich dich doch noch antreffe, Maja. Ich wollte mich bei dir für den Zwischenfall in der Weinstube entschuldigen, es ist mir entsetzlich peinlich.«

Gabi hatte den Mantelkragen ihres Trenchcoats nach oben geschlagen und die langen, dunkelbraunen Haare so streng nach hinten gebunden, dass sie mit ihrer stattlichen Größe aus der Ferne aussah wie ein Mann.

»Aber Gabi, das wäre doch nicht nötig gewesen, du kannst doch nichts dafür.« Ich war gerührt, als sie mir den wunderschönen bunten Strauß überreichte.

»Möchtest du auf ein Tässchen Kaffee mit nach oben kommen? Ich habe zwar nicht viel Zeit, weil ich in einer Stunde zum Zahnarzt muss, aber ich wollte mir sowieso gerade einen starken Kaffee machen.«

Gabi nahm die Einladung an, wir gingen nach oben in meine Wohnung.

Ich stellte die Blumen in eine Vase und bediente die Kaffeemaschine, während sich Gabi an den kleinen Küchentisch setzte.

»Ach Maja, durch diesen unglücklichen Vorfall haben alle ein ganz falsches Bild von Berthold bekommen, das tut mir so Leid für ihn. Er ist vorher noch nie gewalttätig geworden.«

»Na hoffentlich war es auch das letzte Mal!«

»Es ist alles nur meinetwegen, seit der Geschichte damals mit Matthias Feldberg ist er krankhaft eifersüchtig, obwohl er gar keinen Grund dazu hat. Berthold trägt mich auf Händen, ich würde ihn bestimmt nicht wieder wegen einer solchen Dummheit verlassen!«

»Was hat dir damals eigentlich so gut an diesem farblosen Feldberg gefallen?«

»Das ist schwer zu erklären. Berthold war mein erster Freund, wir waren damals bereits sechs Jahre zusammen. Die Kommilitonen bezeichneten uns schon als altes Ehepaar, und ich hatte plötzlich Lust, etwas Neues zu erleben. Bei einer Konzertreise mit dem Hochschulchor ist es eben passiert. Du kannst mir glauben, Maja, dass ich diese Affäre bitter bereut habe und dass es mir heute noch Leid tut, was ich Berthold damals angetan habe.«

»Und weswegen ist die Beziehung mit Feldberg wieder in die Brüche gegangen?«, fragte ich, während ich den Kaffee in die Tassen goss.

»Ich habe ihn verlassen, weil ihm überhaupt nichts an mir lag, er hat mich nur ausgenutzt. Ich hatte neben dem Studium bereits einige Klavierschüler, wodurch ich mir ein nettes Taschengeld dazuverdienen konnte. Matthias hat mich während unserer Beziehung immer wieder unter irgendeinem Vorwand angepumpt, und ich war so blöd, ihm das Geld zu geben. Wahrscheinlich war er damals schon spielsüchtig, aber das habe ich natürlich nicht gewusst. Jedenfalls hat er mir nie einen Cent davon zurückbezahlt, irgendwann habe auch ich endlich begriffen, wofür er mich eigentlich brauchte.«

»Und Berthold hat dich gleich wieder zurückgenommen?«

»Ja, das hat er, aber er hat mir gesagt, dass er den Namen Matthias Feldberg nie wieder hören will.«

Ich goss mir die zweite Tasse Kaffee ein und hoffte, dass Gabi nichts von meinem Alkoholpegel bemerkte.

»Dann ist Berthold wahrscheinlich ausgeflippt, als er gehört hat, wer der neue Kirchenmusiker bei uns wird.«

»Das kannst du laut sagen«, bestätigte Gabi. »Ich habe Berthold gefragt, ob es ihm lieber wäre, wenn ich aus dem Chor austräte, worauf er in gereiztem Ton meinte, das müsse ich selbst wissen.«

»Wie hat denn der Feldberg darauf reagiert, als er dich im Chor sitzen sah?«

»Er wusste doch schon, dass ich im Chor singe«, antwortete Gabi und biss sich sofort auf die Lippen. Offensichtlich war ihr diese Bemerkung aus Versehen herausgerutscht, jetzt bereute sie, was sie soeben gesagt hatte.

Sie trank einen Schluck Kaffee und wirkte sehr nervös.

»Hast du ihn vielleicht zufällig in der Stadt getroffen?«

Gabi überlegte wohl kurz, was sie mir dazu sagen wollte, dann warf sie den Kopf zurück und sagte: »Matthias wusste irgendwoher, dass ich am Camerloher Gymnasium arbeite. Vor vier Wochen hat er mich nach der Schule am Parkplatz abgefangen und mich gefragt, ob ich ihm Geld leihen könne. Er sagte, dass er für seine neue Freisinger Wohnung eine Kaution hinterlegen müsse, womit er nicht gerechnet habe, und das Geld für die Kaution sprenge sein momentanes Budget. Aber da er ja bald sein neues Gehalt bekäme, könne er mir in Kürze alles zurückbezahlen.«

»Du hast ihm das Geld doch nicht etwa gegeben?«

»Ich habe gesagt, dass ich es zur Chorprobe mitbringen werde. Ich wollte bloß, dass er möglichst schnell wieder verschwindet, schließlich hätte Berthold jeden Moment erscheinen können!«

»Und hast du ihm das Geld dann in die Probe mitgebracht?«

Gabi rührte unruhig mit ihrem Löffel im Kaffee.

»Ich hatte Angst, dass er wieder vor der Schule auf mich warten würde, deshalb habe ich ihm das verdammte Geld gegeben und ihm gesagt, dass er mich in Zukunft in Ruhe lassen soll.«

»Aber warum hast du Berthold denn nicht einfach die Wahrheit erzählt? Du kannst doch nichts dafür, wenn der Feldberg vor der Schule auf dich wartet.«

»Ich wollte Berthold die ganze Sache ersparen. Ich hatte vor, nur noch dieses eine Mal zur Chorprobe zu gehen und anschließend aus dem Chor auszutreten«, sagte sie kleinlaut. »Berthold war so enttäuscht, dass ich zu dieser ersten Probe mit Matthias gegangen bin, dass er seine Koffer gepackt hat und zu einem Kollegen gezogen ist. Als ich von der Probe nach Hause kam, war er bereits weg.«

»Und warum bist du dann noch weiterhin im Chor geblieben, obwohl du dadurch beinahe deine Ehe zerstört hättest?«

»Weil ich ebenfalls gekränkt war, dass Berthold so wenig Vertrauen zu mir hatte.«

Ich trank die zweite Tasse Kaffee aus. »Jedenfalls bin ich froh, dass bei euch jetzt wieder alles im Lot ist. Du solltest Berthold davon überzeugen, dass er sich bei Ullrich entschuldigen muss, ich bin sicher, Ullrich wartet darauf.«

»Berthold war gestern schon bei ihm. Ullrich war sehr nett und hat gemeint, die Sache wäre für ihn damit aus der Welt.«

»Na also, Ende gut, alles gut!« Ich stand auf. »Gabi, ich habe mich sehr über deinen Besuch gefreut, aber jetzt muss ich dich leider rauswerfen, damit ich pünktlich zum Zahnarzt komme.«

»Du Arme, na dann viel Vergnügen«, meinte Gabi und verabschiedete sich.

Ich putzte mir im Eiltempo die Zähne, da ich den Weg in die Fabrikstraße zu Fuß gehen musste. Nach der feuchtfröhlichen Feier bei Lilli konnte ich es nicht wagen, mich ans Steuer zu setzen.

Während ich mit zügigen Schritten durch die nasskalte Stadt ging und die Ampel an der Isarstraße wieder ewig nicht auf Grün umschalten wollte, dachte ich noch einmal über das nach, was mir Gabi vorhin erzählt hatte. Dieser Feldberg stellt sich also eiskalt vor das Gymnasium und bittet seine Ex-Freundin um Geld. Es war ihm natürlich klar, dass Gabi nicht mit ihm zusammen gesehen werden wollte und dass sie alles dafür tun würde, um ihn möglichst schnell wieder loszuwerden. Gabi geht in ihrer Not auf Herrn Feldbergs Bitte ein, und dieser freut sich, dass er so schnell an sein Ziel kommt. Aber nach dem es so leicht war, von Gabi Geld zu bekommen, konnte ich mir kaum vorstellen, dass Herr Feldberg die Kuh nicht noch öfter gemolken hatte. Hatte mir Gabi vielleicht nicht alles erzählt? Und weshalb haben Berthold und sie auf einmal wieder zueinander gefunden? Ich ärgerte mich, dass ich ihr diese Frage nicht gestellt hatte, aber ich war fest entschlossen, den Dingen auf den Grund zu gehen.

Bereits im Hausflur der Zahnarztpraxis wehte mir der typische Geruch von Desinfektionsmitteln und diversen zahnmedizinischen Chemikalien um die Nase, der bei jedem normalen Menschen sofort Unbehagen auslöst, auch wenn man sich noch gar nicht auf dem Behandlungsstuhl befindet. Ich läutete, ein Summton forderte mich auf, die Tür nach innen zu drücken.

»Maja, wie schön, dich zu sehen!« Sabine kam auf mich zu und umarmte mich. Was war denn mit der los? Hatte ihr Doktor Hausmann ein Lächeln geschenkt oder war das Verschwinden von Francesco der Auslöser ihrer guten Laune?

»Du bist ja inzwischen eine richtige Lokalgröße geworden, jetzt sieht man dich schon mit dem Bürgermeister zusammen in der Zeitung. Und deine neue Frisur steht dir einfach perfekt!«, sprudelte es aus ihr heraus.

»Danke, Sabine, es freut mich, dass es dir gefällt. Hat dir

Doktor Hausmann einen Heiratsantrag gemacht, oder warum bist du so aufgedreht?«

»Nicht so laut«, rüffelte sie mich scherzhaft. »Im Wartezimmer sitzt noch jemand. Ach Maja, ich bin ja so glücklich! Das Schicksal meint es also doch gut mit mir, ich kann es noch gar nicht fassen!«

Langsam machte ich mir ernsthafte Sorgen um Sabine. Welchen Wahnvorstellungen hing sie eigentlich nach?

»Freu dich nicht zu früh, erstens ist dein Chef immer noch schwul, zweitens glaube ich nicht, dass Francesco ausgewandert ist!«

»Ich weiß, du sagst, er wurde entführt. Aber es ist mir egal, was mit ihm ist, Hauptsache, er ist weg!«

Das Mädchen konnte einem Leid tun, sie wollte den Tatsachen einfach nicht ins Auge sehen und steuerte zwangsläufig auf eine weitere bittere Enttäuschung zu. Ich war nicht in Stimmung, sie zum wiederholten Male auf die Aussichtslosigkeit ihrer Schwärmerei hinzuweisen, sondern zog es vor, im Wartezimmer Platz zu nehmen. Hoffentlich würde die Behandlung nicht so lange dauern, ich hatte auf einmal großen Hunger auf etwas Herzhaftes und wollte vor Öffnung der Weinstube noch ohne Hektik zu Abend essen.

Der Patient vor mir musste offenbar größere Reparaturarbeiten über sich ergehen lassen, denn ich saß nahezu eine dreiviertel Stunde lang im Wartezimmer.

Endlich wurde ich aufgerufen, die Zahnarzthelferin Monika öffnete mir die Tür zum Behandlungszimmer. Ich stellte meine Handtasche neben den ungeliebten Stuhl und nahm Platz.

»Guten Tag, Frau Kuckuck, es hat leider etwas gedauert, aber wir hatten gerade einen komplizierten Fall«, rief mir Doktor Hausmann entgegen, während er am Waschbecken frische Gummihandschuhe überzog.

Monika suchte im Computer nach meinem Gebiss und sagte: »Ich habe Sie heute in der Zeitung gesehen! Das ist ja eine aufregende Geschichte mit Francesco Novi! Glauben Sie wirklich, dass er entführt worden ist?«

»Ich habe keine Ahnung, jedenfalls ist er wie vom Erdboden verschluckt. Kennen Sie Francesco Novi denn persönlich?«

»Natürlich, er ist doch Patient bei uns«, antwortete sie.

»Vielleicht hat er es sich ganz einfach anders überlegt und möchte nun doch nicht, dass seine Bilder der breiten Öffentlichkeit gezeigt werden«, mischte sich Doktor Hausmann ein.

»Aber welche Gründe sollte er dafür haben? Jeder Künstler muss doch froh sein, eine solche Chance zu bekommen!«

»Wahrscheinlich hat er Angst vor Kritik! Ich schätze, er hat die Pleite vom letzten Jahr noch nicht verarbeitet, als ihn dieser Ammer so in die Pfanne gehauen hat«, meinte Monika lapidar.

Doktor Hausmann verkniff sich jeglichen Kommentar. So schlecht konnte er Francescos Malkünste jedenfalls nicht finden, sonst hätte er ihm nicht einige der Bilder abgekauft.

»Haben Sie Probleme, oder kommen Sie nur zum Nachschauen, Frau Kuckuck?«, fragte Doktor Hausmann, als er sich auf den Hocker neben dem Behandlungsstuhl setzte.

»Ich habe keine Schmerzen, aber rechts oben ist mir kürzlich ein Stück Plombe herausgebrochen.« Ich öffnete widerwillig den Mund.

Doktor Hausmann klopfte meine Zähne mit einem silbernen Instrument ab und diktierte Monika eine Reihe von Zahlen und zahntechnischen Informationen, die diese mit den Computerangaben verglich.

»So weit ist alles in Ordnung, aber die Füllung oben rechts müssen wir komplett neu machen. Keine Angst, ich gebe Ihnen eine Spritze, Sie werden nichts spüren!«

»Wie lange muss ich warten, bis ich wieder etwas essen kann?«, fragte ich wenig begeistert mit knurrendem Magen.

»Dank neuer Technik können Sie sofort nach der Behandlung wieder essen«, sagte Doktor Hausmann und zog die Spritze auf. Der Einstich war unangenehm, aber die Wirkung trat schnell ein, mein Zahnfleisch und meine Wange wurden taub.

Während sich Doktor Hausmann an meinem Zahn zu schaffen machte, überlegte ich, was Sabine an diesem unscheinbaren Mann so toll fand. Er hatte ein blasses Gesicht mit einer viel zu spitzen Nase, sein schütteres, blondes Haar war mittels Haarspray oder Pomade altmodisch nach hinten fixiert. Eine Schönheit war er wirklich nicht, die von Sabine immer wieder zitierte Ausstrahlung blieb mir ebenfalls verborgen.

Doktor Hausmann wechselte den Bohrer, dabei fiel mir auf, dass er seine Uhr auf die gleiche Weise wie Michael trug.

»Haben Sie etwas gespürt?« Er hatte wohl bemerkt, dass ich ihn betrachtete.

»Nein, nein, ich denke nur darüber nach, dass Sie Ihre Uhr innen am Handgelenk tragen.«

»Aua!«, schrie ich laut auf, als mir Doktor Hausmann mit einem seiner summenden Folterwerkzeuge einen dumpfen Schmerz zufügte.

»Ich glaube, ich sollte noch einmal nachspritzen«, sagte er und zog eine weitere Spritze auf, von deren Einstich ich nichts bemerkte.

Nach weiteren fünfzehn Minuten war die leidige Prozedur endlich vorbei, ich durfte den Mund ausspülen. Mein Arm war schwer, als ich nach dem Plastikbecher griff und das schlecht schmeckende Wasser in meinen Mund laufen ließ. Der Alkohol am Nachmittag rächte sich langsam.

»So, wir wären fertig. Monika, Sie können nach Hause gehen. Ich möchte mich mit Frau Kuckuck noch ein wenig privat unterhalten. Und sagen Sie bitte Sabine, dass Sie ebenfalls Schluss machen soll«, ordnete Doktor Hausmann an und entledigte sich seiner hautfarbenen Handschuhe.

Es klopfte an der Tür, Sabine streckte den Kopf herein.

»Ich wollte mich nur verabschieden und Ihnen noch einen schönen Feierabend wünschen, also dann bis morgen, Herr Doktor«, sülzte sie in kaum erträglichem Ton und wartete, ob er noch ein paar Worte für sie übrig hatte.

»Bis Morgen, Sabine«, antwortete Doktor Hausmann freundlich, aber unverbindlich.

Sabine strahlte und zwinkerte mir mit dem linken Auge zu. Ihre naive Blindheit war kaum auszuhalten!

Doktor Hausmann räumte noch ein paar Dinge auf, kurz darauf hörte man die Eingangstür der Praxis ins Schloss fallen. Dann zog er den Drehstuhl heran und setzte sich.

»Sie wollen bestimmt über Sabine sprechen, Herr Doktor.« Ich hatte schon damit gerechnet, dass er mich in dieser Angelegenheit um Hilfe bitten würde, er wusste, dass Sabine und ich im gleichen Chor sangen. »Ich kann Ihnen nur sagen, dass ich dem Mädchen weiß Gott mehrmals erklärt habe, dass man Zuneigung nicht erzwingen kann, aber Sie will einfach nicht auf mich hören.«

»Darüber wollte ich nicht mit Ihnen sprechen, Frau Kuckuck«, sagte er ruhig. »Was haben Sie vorhin damit gemeint, dass ich meine Uhr innen trage?«

Weswegen sprach Doktor Hausmann auf einmal in diesem sonderbaren Ton mit mir? Ich starrte ihn an und wusste nicht, worauf er hinauswollte. Plötzlich fiel es mir wie Schuppen von den Augen: Doktor Hausmann war es, der mich in der Kirche umgerannt hatte! Jetzt sah ich sein Gesicht im fahlen Scheinwerferlicht ganz deutlich vor meinem inneren Auge wieder! Aber um Himmels willen, das hieße ja ... Mein Entsetzen war so groß, dass Doktor Hausmann bemerken musste, welcher Gedanke mir durch den Kopf schoss. Er wusste, dass ich ihn soeben als Mörder erkannt hatte! Ich versuchte, mich im Behandlungsstuhl aufzurichten, aber meine Arme hatten keine Kraft mehr und verweigerten den Dienst.

»Was haben Sie mir vorhin gespritzt!«, schrie ich mit einer Mischung aus plötzlicher Wut und Todesangst.

Er sagte kein Wort und stand auf, um seinen Arztkittel auszuziehen.

Mir gefror das Blut in den Adern. Schlagartig wurde mir bewusst, in welcher Situation ich mich befand. Ich war alleine mit Doktor Hausmann in seiner Praxis. Die Tür draußen war abgesperrt. Ich saß auf diesem Behandlungsstuhl fest. Meine Arme und Beine waren schwer wie Blei, es war absolut zwecklos, fliehen zu wollen. Ich war diesem Mann hilflos ausgeliefert!

Doktor Hausmann setzte sich wieder auf seinen Hocker und sah mich an.

Was würde er jetzt tun? Wollte er mir Schweigegeld anbieten oder erwartete mich vielleicht das gleiche Schicksal wie Herrn Feldberg?

Nein, so einfach lasse ich mich nicht umbringen! Meine Handtasche mitsamt Tränengas und Handy lag unter dem Behandlungsstuhl. Ich musste eine günstige Gelegenheit abwarten, um dort ranzukommen, meine Gliedmaßen waren zwar schwer und kraftlos, aber nicht taub. Wenn die Wirkung von diesem Zeug, das er mir gespritzt hatte, endlich nachlassen würde, hätte ich eine Chance. Solange musste ich versuchen, ihn zum Sprechen zu bringen und Zeit zu gewinnen.

Doktor Hausmann starrte mich nach wie vor regungslos an.

»Darf ich wissen, warum Sie Herrn Feldberg ermordet haben?«, fragte ich mutig und zwang mich dazu, meine Stimme möglichst ruhig klingen zu lassen.

Doktor Hausmann schwieg weiter, aber ich hatte den Eindruck, dass sein Gehirn auf Hochtouren arbeitete. Plötzlich brach er sein Schweigen und antwortete in emotionslosem Ton: »Mir blieb keine andere Möglichkeit. Er hatte mich erpresst. Er konnte den Hals nicht voll kriegen.«

Ich wartete ab, ob er noch mehr dazu sagen wollte. Nach längerer Pause änderte sich sein Gesichtsausdruck, seine Augen fingen an zu leuchten.

»Ich musste diesen Sebastian einfach haben! Er ist von einzigartiger Schönheit und Anmut, sein Gesicht ist vollkommen und die Farben strahlen so frisch, als wäre er gestern erst entstanden! Dabei ist er über siebenhundert Jahre alt! Er ist eine Kostbarkeit von unschätzbarem Wert. Es war meine Pflicht, ihn dort wegzuholen, wo man ihn nur im Staub verfallen lässt und kein Mensch von seiner Schönheit Notiz genommen hat.«

»Ich verstehe, und wie haben Sie ihn dort weggeholt?«

»Ich habe mich in einem Beichtstuhl versteckt und in der Kirche einschließen lassen. Es war sehr schwer, den Sebastian von der Befestigung zu lösen, ohne ihn dabei zu beschädigen, aber mit viel Mühe ist es mir schließlich gelungen. Gerade, als ich die kostbare Figur herunterhob und endlich in meinen Händen halten durfte, sperrte dieser Organist die Kirche auf und kam herein. Natürlich hat er die Situation sofort erkannt und ging mit seiner Taschenlampe direkt auf mich zu. Er machte mir ein Angebot, das ich dankbar annahm. Er sagte, wenn ich ihm zehntausend Euro gäbe, würde er nicht zur Polizei gehen. Am nächsten Tag holte er das Geld bei mir zu Hause ab, aber es war ihm nicht genug. Eine Woche später kam er wieder zu mir und verlangte noch einmal zehntausend Euro. Da mir keine Wahl blieb, bezahlte ich auch dieses Mal. Drei Tage darauf erschien er plötzlich bei mir in der Praxis und forderte zwanzigtausend Euro, dann wäre die Sache für ihn erledigt. Mir war klar, dass er diese Geldquelle niemals versiegen lassen würde. So sah ich mich gezwungen, das Problem auf andere Weise zu lösen. Ich versprach, ihm das Geld nach der Abendmesse zu bringen. Als ich zu ihm auf die Orgelempore stieg, spielte er gerade mit großem Eifer ein beeindruckendes Werk. Zum würdigen Abschluss seines Organistenlebens ließ ich ihn das Stück zu Ende spielen, erst beim Schlussakkord stieß ich zu.«

Mein Magen verkrampfte sich, mir wurde schlecht. Dieser Mann war ein Wahnsinniger! Sein starrer Blick wirkte abwesend und gleichzeitig hellwach. Er würde keine Skrupel haben, das Problem Maja Kuckuck ebenfalls auf diese Weise zu lösen. Die bleierne Schwere wich nicht aus meinen Beinen, ich geriet langsam in Panik. Wenn ich nicht bald an meine Handtasche kommen würde, war ich verloren! Du musst Zeit gewinnen und ihn reden lassen, ermutigte ich mich innerlich. Ich warf ihm ein weiteres Stichwort zu:

»Kannten Sie Herrn Ammer?«

»Wollen Sie mich kränken! Sie wissen doch genau, dass Dieter und ich gut befreundet waren!«, herrschte er mich an.

Ich zuckte zusammen und wagte kaum zu atmen.

»Dieter ging in meinem Haus ein und aus. Er war wie ich ein Mensch, der Sinn für die wahren Schönheiten dieser Welt besaß. Wir konnten uns stundenlang zusammen an meiner erlesenen Kunstsammlung ergötzen.«

Doktor Hausmann atmete schwer vor Aufregung. »Doch dann kam er plötzlich zu mir und sagte, er könne nicht mit dem schrecklichen Verdacht leben, dass ich etwas mit dem Tod dieses Organisten zu tun haben könnte, er möchte unsere Freundschaft ruhen lassen, bis die Sache aufgeklärt sein würde. Er hat mir wegen diesem lausigen Erpresser die Freundschaft gekündigt. Ich konnte es nicht fassen. Ich war völlig außer mir.«

Er machte eine Pause und kehrte langsam in einen beherrschten, aber nicht minder unheimlichen Zustand zurück.

»An jenem Mittwochabend stattete ich ihm einen Besuch ab. Ich erklärte ihm, dass man zur Erhaltung von einzigartigen Kunstschätzen auch bereit sein musste, Opfer zu bringen, aber er verstand mich nicht. Das Schicksal verlangte von mir, mich von einem meiner besten Freunde zu trennen.«

Entsetzt blieb mein Blick an diesem unscheinbaren Mann hängen. Wie konnte dieser gefährliche Geisteskranke die Öffentlichkeit nur so lange täuschen und als angesehener Zahnarzt ein unauffälliges Leben führen?

»Dann habe ich an Sie gedacht, Frau Kuckuck«, flüsterte er und sah mir dabei direkt in die Augen.

»Ich hatte Albträume ihretwegen! Immer wieder wachte ich schweißgebadet auf und hatte schreckliche Angst, dass Sie mich in der Kirche erkannt haben könnten. Ich musste Sie bei der Polizei unglaubwürdig machen, ich wollte, dass Sie sich selbst nicht mehr sicher waren, was Sie gesehen hatten und was nicht. Ich bestellte Sie in die Wohnung meines Freundes und sorgte dafür, dass Sie seine Leiche fanden. Anschließend ließ ich die Leiche sofort verschwinden, sodass die Polizei zu der Auffassung kommen musste, Sie würden sich nur wichtig machen wollen.«

»Wie haben Sie die Leiche verschwinden lassen, Sie arbeiten doch vormittags?«, fragte ich trotz Todesangst immer noch neugierig auf des Rätsels Lösung.

»Dafür spannte ich Rottenkolber ein, diesen widerlichen Parasiten. Rottenkolber hat mir in den letzten Jahren einige wertvolle Figuren besorgt, die ich bei ihm bestellt hatte. Er ließ sich unverschämt teuer dafür bezahlen, aber er war eben ein Spezialist auf diesem Gebiet, davon gibt es nicht viele. Als die Figur des Sebastian verschwunden war, hatte sich diese Neuigkeit in Rottenkolbers Kreisen sehr schnell herumgesprochen. Er wusste, dass ich diese Figuren sammle und deswegen rief er bei mir an, um mich zu fragen, ob ich mit seinen bisherigen Diensten nicht zufrieden gewesen sei. Ich erklärte ihm, dass ich die Figur angesichts des geringen Risikos und natürlich auch aus Kostengründen selbst entwendet hatte, er gab sich damit zufrieden. Zwei Wochen später war Rottenkolber zufällig wegen der Lieferung von irgendeiner ägyptischen Scherbe in der Stadt. Bei seinem Aufenthalt hatte er in der Zeitung über die Ermordung des Organisten gelesen, er kombinierte sofort, dass ich etwas damit zu tun haben musste. Er rief bei mir an und versuchte, mich zu erpressen. Ich wusste nicht, was ich tun sollte, zunächst hielt ich ihn einige Tage lang hin. In der Nacht nach dem unseligen Ableben meines Freundes rief ich ihn an und sagte ihm, dass ich einen Spezialauftrag hätte, für den ich bereit sei, eine horrende Summe zu bezahlen. Ich erklärte ihm, dass er in Dieters Wohnung auf Sie warten solle und dass er Sie, kurz nachdem Sie Dieters Leiche aufgefunden hätten, durch ein Geräusch erschrecken solle. Nachdem Sie in Panik die Wohnung verlassen haben würden, solle er Dieters Leiche sofort wegschaffen und im Wald verscharren. Rottenkolber willigte ein, jedoch nicht, ohne den Preis vorher in astronomische Höhen zu treiben. Am Abend des gleichen Tages wollte ich mir zuerst seine Arbeit im Wald zeigen lassen, bevor ich den abgemachten Preis bezahlen würde. Er zeigte mir das gut getarnte Versteck von Dieters Leiche und anschließend gab ich ihm das Geld. Auf dem Weg zurück zum Auto bezahlte ich die Rechnung dann noch einmal auf meine Art. Ich musste mein Geld wiederhaben, sonst kann ich mir die schönen Dinge nicht mehr leisten, die ich zum Leben brauche!«

Doktor Hausmann hatte für alles eine Erklärung. Er sah sich selbst als unschuldiges Opfer, das zu diesen Gräueltaten durch unglückliche Umstände gezwungen worden war.

Die Schwere in meinen Armen ließ nach. Ich konnte es deutlich spüren!

Ich musste vorsichtig sein und durfte vor Doktor Hausmann keine größeren Bewegungen machen, damit ich ihn im geeigneten Augenblick überrumpeln konnte.

»Dann war der Drohbrief also auch von Ihnen«, versuchte ich, Doktor Hausmann weiter zum Erzählen anzuregen.

»Natürlich, und der Überfall bei den Mülltonnen auch! Ich wollte Sie einschüchtern, ich musste doch wissen, wie es um Ihre Erinnerungen stand.«

»Warum sind Sie anschließend in meine Wohnung gegangen?«

»Weil ich hören wollte, was Sie der Polizei erzählen würden. Aber Sie haben mich verblüfft, Frau Kuckuck. Statt bei der Polizei anzurufen, haben Sie in Ruhe Schnaps getrunken. Ich verstehe nicht viel von Frauen, aber dieses Verhalten hätte ich nicht erwartet.«

Er sah mich an und schien nachzudenken.

»Was haben Sie jetzt mit mir vor?«, fragte ich möglichst gefasst.

»Sie verstehen doch, dass ich Sie nicht am Leben lassen kann. Früher oder später hätte ich Sie sowieso beseitigen müssen, damit ich wieder ruhig schlafen kann.«

Es lief mir eiskalt über den Rücken, in welch nüchternem Ton Doktor Hausmann mit mir über meine eigene Eliminierung sprach.

»Natürlich kann ich die Sache nicht in meiner Praxis durchführen. Sobald Sie wieder halbwegs stehen können, werde ich Sie stützen, dann gehen wir gemeinsam zu meinem Auto im Hinterhof.«

Das war also sein Plan. Er hatte mir irgendetwas gespritzt,

was meinen Körper geschwächt und meine Flucht unmöglich gemacht hatte. Auf diese Art und Weise konnte er mich problemlos in sein Auto schaffen und musste nicht mit Gegenwehr rechnen, falls uns jemand beobachtete. An das, was danach passieren würde, wagte ich nicht zu denken.

Doktor Hausmann saß auf seinem Zahnarzthocker und fixierte mich mit verschränkten Armen. Plötzlich flammte Wut in seinen Augen auf. Er beugte sich vor und schrie mich an: »Wie kommen Sie bloß dazu, der Zeitung zu erzählen, dass Francesco entführt wurde? Haben Sie nicht daran gedacht, dass Sie damit eine Lawine lostreten könnten? Was wäre gewesen, wenn die Polizei seinen Bekanntenkreis durchforstet und mein Haus durchsucht hätte? Jetzt muss ich einen anderen Ort finden, an dem ich ihn beschützen kann. Ich wollte ihn doch in meiner Nähe haben!«

Er hatte Francesco in seiner Gewalt!

»Was haben Sie mit Francesco gemacht?«, rief ich voller Entsetzen.

»Keine Angst, es geht ihm gut. Mein Engel bekommt alles, was er möchte. Ich lese ihm jeden Wunsch von den Augen ab, er hat jetzt seinen Platz im Paradies.«

Mein Gott, dieser Mann war hochgradig geisteskrank.

»Leider hat er sich noch nicht an sein neues Zuhause gewöhnt, ich musste ihm mehrmals eine Spritze geben, aber irgendwann wird er verstehen, dass er mir gehört und dass es das Beste für ihn ist. Ich musste ihn einfach haben, er ist die Vollkommenheit in Menschengestalt! Seine feinen Gesichtszüge sind von solch fragiler Schönheit, dass man ihn beschützen muss vor den bösen Einflüssen dieser Welt.«

»Wenn er Ihnen so viel bedeutet, warum wollen Sie dann seine Karriere als Maler kaputtmachen? Sie wissen doch, dass er am Samstag die Chance hat, seine Bilder bei mir auszustellen.«

»Seine Bilder gehören mir!«, fuhr er mich wild an. »Alles, was mein Engel malt, gehört mir! Ich will nicht, dass jeder gewöhnliche Mensch seine schmutzigen Blicke auf die Werke meines Schützlings werfen darf.«

»Doktor Hausmann, Sie sind doch verrückt! Sie sind wahnsinnig!«, Mir riss der Geduldsfaden, ich brüllte ihn an. »Sie glauben doch nicht im Ernst, dass die Polizei nicht irgendwann dahinter kommt, dass Sie Francesco verschleppt haben! Die ganze Stadt weiß, dass Sie hinter ihm her waren!«

Doktor Hausmann sah mich an, als würde er sich vor mir ekeln.

Dann ging er zu einer Schublade und holte eine Rolle Klebeband heraus. Er schnitt ein Stück davon ab und kam auf mich zu.

»Ich muss dringend zur Toilette!«, rief ich geistesgegenwärtig.

Er drückte das Klebeband auf meinen Mund und zögerte etwas. Wohl aus Angst, dass ich mich in seinem Auto erleichtern und dort Spuren hinterlassen würde, willigte er ein. »Von mir aus. Und dann gehen wir.«

Ich versuchte, mich mit den Armen auf dem Behandlungsstuhl abzustützen. Es gelang halbwegs, aber ich bemerkte sofort, dass meine Beine in fast unverändert schwerem Zustand waren.

Doktor Hausmann hatte keine Skrupel, mir unter die Arme zu greifen und hochzuhelfen. Kurz darauf spürte ich festen Boden unter den Füßen, konnte meine Beine jedoch nicht anheben und musste mich mit schleifenden Schritten langsam und unsicher nach vorne bewegen. Als ich direkt neben meiner Handtasche stand, hielt ich mich am Behandlungsstuhl fest und bückte mich vorsichtig. Doktor Hausmann schien nichts dagegen zu haben, dass ich mitsamt Handtasche auf die Toilette gehen wollte. Natürlich konnte er davon ausgehen, dass ich ein Handy dabei hatte, aber es stellte keine Gefahr mehr dar. Das Klebeband hinderte mich am Sprechen, meine Finger waren so klamm, dass ich nie und nimmer eine Nummer oder eine Kurznachricht hätte eingeben können. Es wäre ebenfalls sinnlos gewesen, Doktor Hausmann in dieser Situation mit dem Tränengas überraschen zu wollen. Bis ich die Flasche aus meiner Handtasche herausgezittert hatte und den Sprayknopf drücken konnte, hätte Doktor Hausmann längst bemerkt, was ich vorhatte.

Ich hangelte mich vorsichtig aus dem Behandlungszimmer und schleifte meine schweren Beine an der Wand entlang über den Flur. Doktor Hausmann ließ mir zwar freien Lauf, sah mir jedoch aus dem offenen Behandlungszimmer nach.

Zwei Meter vor der Toilettentür musste ich eine Pause einlegen, weil mich die spärliche Kraft in meinen Beinen wieder verlassen hatte. Wenn ich nur endlich die Toilette erreichen würde, könnte ich mich dort einsperren und wäre erst einmal in Sicherheit. Ich zwang mich weiter, meine Beine Schritt für Schritt über den Boden zu ziehen und schaffte es nach endloser Zeit, die Türklinke zur Toilette herunterzudrücken. Mit letzter Kraft schleppte ich mich durch den kleinen Vorraum mit Waschbecken und erreichte die enge Kabine. Ich verriegelte die Tür von innen und ließ mich erschöpft auf die Klobrille fallen. Der Schweiß rann mir bächeweise den Körper herunter, ich war völlig ausgepumpt.

Was konnte ich nur tun, um diesem Geistesgestörten zu entkommen? Ich drehte mich um und sah zu dem kleinen Klofenster hoch, das sich knapp unter der Decke befand. Es war nicht nur zu weit oben, sondern auch so eng, dass es als Fluchtweg ausschied.

Könnte ich bloß schreien, vielleicht würde mich jemand im Haus oder im Hof hinter dem Fenster hören! Meine tauben Finger fühlten nicht einmal die Kanten des Klebebandes, es war aussichtslos, es entfernen zu wollen. Mit unbeholfenen Bewegungen versuchte ich, den Reißverschluss meiner Handtasche zu öffnen. Meine Finger waren so unbeweglich, als wären sie stundenlang der Kälte ausgesetzt gewesen.

Endlich gelang es, und ich konnte die Spraydose mit dem Tränengas herausziehen. Ich hielt das kleine Fläschchen in der Hand, aber es schien mir unmöglich, mit dem Zeigefinger den Knopf herunterzudrücken, also nahm ich die Dose in die linke Hand und legte meine rechte Handinnenfläche auf den Knopf, damit ich mich mit der gesamten Kraft meines rechten Armes darauf stützen konnte, wenn es so weit wäre.

Ich kniete mich schwerfällig auf den Fliesenboden und wartete.

Totenstille.

Auf einmal hörte ich Schritte näher kommen, die Tür zum Toilettenvorraum ging auf. Doktor Hausmann stellte sich vor die Kabine und wartete geräuschlos. Ich konnte seine Schuhe sehen, sie waren nur eine Armlänge von mir entfernt.

»Frau Kuckuck, wenn Sie nicht herauskommen, muss ich die Tür aufbrechen«, sagte er mit sanfter Stimme.

Jetzt war es an der Zeit zu handeln. Ich schob beide Hände unter der Kabinentür hindurch und stemmte meine rechte Hand mit voller Wucht auf den Sprayknopf des Tränengases.

Doktor Hausmann brauchte zwei Sekunden, bis er erfasste, was vor sich ging.

Er schrie laut auf und rannte aus der Toilette. Die Tür fiel wieder ins Schloss, aber ich konnte ihn immer noch jammern und fluchen hören. Das Tränengas kroch inzwischen zu mir in die Kabine und meine Augen brannten höllisch. Ich zog mich mit geschlossenen Augen an der Toilette hoch und setzte mich auf die Klobrille. Dem Gewicht nach war die Spraydose noch halb voll, für eine weitere Attacke würde das Gas also noch ausreichen.

Plötzlich stieß Doktor Hausmann die Toilettentür auf und kam herein. Er trommelte mit den Fäusten an die Kabine und schrie: »Komm raus, du hässliches Weib! Wenn du nicht sofort rauskommst, werde ich die Tür aufbrechen, dann ist deine Schonzeit vorbei! Mach endlich auf!«, brüllte er immer lauter und warf sich mit dem Körper gegen die Kabinentür.

Das Schloss knarrte, aber die Tür hielt stand.

»Du elendigliche Schlampe, komm endlich raus!«, schrie er völlig außer sich und versuchte erneut, die Tür einzutreten, was ihm aber nicht gelang.

Ich saß auf der Toilette und zitterte. Hatte ich überhaupt

noch eine Chance? Da schien er es sich anders zu überlegen und verließ den Raum wieder. Was hatte er vor?

Kurze Zeit später kam er zurück und schleppte irgendeinen Gegenstand mit herein, der an den Ecken anstieß und rumpelte. Dann hörte ich gar nichts mehr, meine tränenden Augen blinzelten panisch zur Tür.

Wo war er? Was machte er? Ich hörte ihn nicht einmal mehr atmen.

Plötzlich bemerkte ich aus dem Augenwinkel heraus einen Schatten von oben. Doktor Hausmann hatte sich auf einen Stuhl gestellt, sein Gesicht grinste grauenvoll über der Kabinentür auf mich herunter.

Ich stieß einen kurzen Schrei aus und lehnte mich entsetzt zurück, soweit es ging.

»Hast du Angst?«, fragte er mit einem teuflischen Lächeln und dem erhabenen Gefühl des Überlegenen.

Er beobachtete mich neugierig wie ein Mensch, der über den Zaun in ein Zoogehege blickt. Nach ein paar Minuten stieg er wieder vom Stuhl hinunter und verhielt sich ruhig.

Was hatte er bloß vor?

Plötzlich sah ich eine Spritze unter der Kabinentür hereinschnellen und ich spürte einen stechenden Schmerz in meinem linken Fuß.

Doktor Hausmann verfiel in ein hysterisches Gelächter und fing an, mit dem Suhl heftig gegen die Kabinentür zu donnern. Einmal, zweimal, dann flog mir die weiße Wand entgegen. Ich empfand keinen Schmerz, aber der Schlag auf meinen Kopf nahm mir das Bewusstsein.

16

Das Motorengeräusch eines großen Wagens summte gleichmäßig vor sich hin.

Wo war ich? Ich versuchte, die Augen zu öffnen, aber meine Lider waren zu schwer. Mein Körper wurde leicht hin und her gerüttelt, ich lag eindeutig auf dem Rücksitz eines fahrenden Autos. Doktor Hausmann musste mich in seinen Wagen geschleppt haben, während ich bewusstlos war.

Mein Kopf schmerzte, ich krümmte mich fröstelnd auf der schaukelnden Rückbank zusammen. Die Strecke war auf einmal sehr kurvig, ich konnte kein anderes Fahrzeug mehr hören. Der Wippenhauser Forst! Schlagartig wurde mir klar, wo wir uns befanden! Die Straße von Freising nach Wippenhausen war berühmt-berüchtigt für ihre vielen Kurven. Jetzt biegt er gleich in einen Forstweg ein und dann bringt er mich um, war der einzige Gedanke, der mich beherrschte. Die Angst schnürte mir die Kehle zu, ich konnte kaum noch atmen und verlor abermals das Bewusstsein.

»Herr Doktor, schnell, sie kommt zu sich!«, hörte ich eine weibliche Stimme rufen, die mir sehr gut bekannt war. Es war Sabine! Sie machte mit Doktor Hausmann gemeinsame Sache!

Die Welt war schlecht und undankbar, ich sehnte mich zurück in meine Bewusstlosigkeit und wollte nichts mehr hören und nichts mehr denken.

Jemand fühlte meinen Puls.

War der Alptraum immer noch nicht zu Ende? Es roch steril, ich lag auf einem weichen Untergrund. Ich wollte die Augen öffnen, aber es gelang mir nur kurz, das helle Licht blendete mich. Wer war der Mann im weißen Kittel, der neben mir stand?

»Frau Kuckuck, Sie sind im Krankenhaus«, sagte eine freundliche Männerstimme.

Endlich konnte ich meine Augen offen halten und fand mich in einem nüchternen Krankenhauszimmer wieder. Ein junger Arzt beugte sich über mich und fragte: »Wie fühlen Sie sich, Frau Kuckuck?«

Wie fühlte ich mich eigentlich? Mein Kopf schmerzte, aber ansonsten schien alles in Ordnung zu sein.

»Sie haben eine sehr hohe Dosis Betäubungsmittel verabreicht bekommen, außerdem haben Sie eine leichte Gehirnerschütterung und eine Platzwunde an der Stirn. Wir müssen Sie ein paar Tage hier behalten«, erklärte der junge Arzt.

Hatte ich diesen Horror tatsächlich überlebt? Meine Lebensgeister kehrten auf der Stelle zurück. Ich wollte den freundlichen Arzt sofort fragen, was in den letzten Stunden passiert war und welchen Umständen ich meine Rettung zu verdanken hatte, aber meine Zunge klebte am Gaumen, ich konnte nicht sprechen.

»Durst«, war alles, was ich herausbrachte.

»Schwester Ingrid bringt Ihnen gleich eine schöne Kanne Tee«, sagte der Arzt lächelnd.

Ich hasse Tee.

»Durst«, versuchte ich es noch mal.

»Sofort, Frau Kuckuck, sofort«, bekam ich zu hören, schon betrat Schwester Ingrid das Zimmer und servierte mir das nach Kamille riechende, heiße Wasser. Aus der Not heraus nahm ich ein paar Schlucke davon, die Flüssigkeit tat mir trotz üblen Geschmacks sehr gut.

»Wie spät ist es?«, fragte ich die Krankenschwester.

»Es ist gleich zwölf Uhr mittags. Haben Sie schon Appetit?«

»Nein danke, aber ich hätte gerne gewusst, wie ich hierher gekommen bin.«

»Das wird Ihnen Kommissar Scheffel erzählen, er kommt Sie heute Nachmittag besuchen«, antwortete der Arzt.

Es klopfte, gleichzeitig ging die Tür auf.

»Bitte, Herr Doktor, lassen Sie mich mit Frau Kuckuck sprechen«, flehte Sabine, die einen völlig aufgelösten Eindruck machte. Merkwürdig, dachte ich, war Sabine immer noch auf freiem Fuß? Dabei hatte ich heute Nacht doch eindeutig ihre Stimme erkannt, als sie mit Doktor Hausmann über mich gesprochen hatte.

»Ich habe Ihnen doch schon gesagt, dass die Patientin Ruhe braucht, bitte kommen Sie morgen wieder«, schimpfte der Arzt und warf Schwester Ingrid einen strengen Blick zu.

»Nein, Herr Doktor«, mischte ich mich ein, »bitte lassen Sie sie rein. Mir geht es gut«

Ich wollte jetzt endlich wissen, was gestern Abend geschehen war.

»Aber Sie sind noch zu schwach.« Der Arzt versuchte vergeblich, sein Verbot durchzusetzen, während sich Sabine einfach einen Stuhl holte und sich neben mich setzte.

»Sie haben doch gehört, dass sie nichts dagegen hat«, sagte sie wild entschlossen, sich nicht abwimmeln zu lassen.

»So geht das nicht, junge Dame! Hier wird immer noch das gemacht, was ich für richtig halte, schließlich habe ich auch die Verantwortung für Frau Kuckuck.«

»Bitte, Herr Doktor, nur zehn Minuten«, versuchte ich den Arzt zu erweichen.

»Na schön, zehn Minuten und keine Sekunde länger«, sagte er streng zu Sabine und verließ mit Schwester Ingrid den Raum.

Sabine sah sehr mitgenommen aus. Ihre Augen waren verquollen, ihre Gesichtsfarbe war blass und fahl.

»Ach Maja, ich schäme mich so«, schluchzte sie sofort los, nachdem sich die Zimmertür geschlossen hatte. »Wie konnte ich nur so blöd sein!«

Ich verstand gar nichts und wurde langsam ungeduldig, da Sabine vor lauter Heulen kaum sprechen konnte.

»Jetzt erzähl mir endlich, was gestern Abend los war, sonst schickt dich der Doktor gleich wieder raus!«

»Ach Maja, es ist alles so schrecklich! Also, ich habe gestern Abend wieder einmal heimlich in meinem Auto vor der Praxis auf Doktor Hausmann gewartet, weil ich wissen wollte, was er am Abend noch vorhatte. Nachdem ich über eine Stunde gewartet hatte, fuhr Doktor Hausmann endlich in seinem Auto aus dem Hinterhof heraus. Ich wunderte mich, dass ich dich nicht aus der Praxis habe kommen sehen, wo mein Auto doch die ganze Zeit davor stand. Vielleicht fährt er dich nach Hause, überlegte ich, aber ich konnte genau erkennen, dass außer Doktor Hausmann niemand mehr im Auto saß. Ich fuhr ihm hinterher, doch er bog von der Johannisstraße nicht in die Vöttinger Straße ein, so wie er gewöhnlich zu seinem Haus nach Thalhausen fährt, sondern er fuhr die Wippenhauserstraße hoch und nach links auf den Weihenstephaner Ring. Als er dann den Blinker nach rechts setzte, um in Richtung Wippenhausen zu fahren, fiel mir ein, dass man im Wippenhauser Forst doch die beiden toten Männer gefunden hatte, und mich beschlich ein mulmiges Gefühl. Dann sah ich plötzlich einen Schatten auf dem Rücksitz von Doktor Hausmanns Auto. Ach Maja, ich schäme mich so für das, was ich dann gedacht habe!« Sie fing erneut an, heftig zu schluchzen. Ich wartete ungeduldig ab, bis sie weitersprechen konnte.

»Ich hatte plötzlich Angst, dass du bei Doktor Hausmann im Auto liegen und ihn mit einem Messer bedrohen würdest und dass du ihn jetzt gleich im Wald erstechen wolltest, so wie die anderen Männer und Francesco auch.«

Ich schluckte ein paar Mal kräftig, dieser Verdacht war ja wirklich ungeheuerlich! Hatte Sabine tatsächlich geglaubt, dass ich die drei Männer um die Ecke gebracht und ihr zuliebe auch noch Francesco erstochen hatte?

Sabine wagte nicht, mich anzusehen. Offenbar wartete sie auf ein Donnerwetter aus meiner Richtung.

»Und wie ging es dann weiter?«, fragte ich stattdessen. Ich fürchtete, dass die Schwester jeden Moment zur Tür hereinkommen könnte und Sabine gehen musste, bevor ich alles erfahren hatte.

Froh darüber, dass ich ihr eine Szene ersparte, fuhr sie mit gebrochener Stimme fort: »Und dann habe ich über Handy die Polizei angerufen und gesagt, dass du mit Doktor Hausmann in den Wippenhauser Forst gefahren bist und dass du ihn jetzt gleich umbringen wirst.«

Sie hielt den Blick immer noch gesenkt und putzte sich schluchzend die Nase.

»Drei Minuten später kamen zwei Polizeiwagen mit Blaulicht angerast und stoppten Doktor Hausmanns Auto. Doktor Hausmann sprang aus seinem Wagen und versuchte zu fliehen, aber die Polizisten konnten ihn sehr schnell überwältigen. Da wurde mir erst klar, was vorher wirklich abgelaufen sein musste! Ein Notarztteam hatte sich in der Zwischenzeit um dich gekümmert, du hast an der Stirn geblutet und warst bewusstlos. Ich stand daneben und dachte für einen Moment, du würdest zu dir kommen, aber drei Sekunden später warst du wieder weggetreten. Dann haben sie dich mit dem Rettungswagen ins Krankenhaus gebracht, und ich musste bei der Polizei alles erzählen, was ich wusste. Ach Maja, kannst du mir bitte verzeihen?« Sie fing erneut an, jämmerlich zu weinen.

Der junge Arzt kam herein und deutete mit dem Zeigefinger auf seine Armbanduhr.

»Um Gottes willen, was haben Sie denn mit dem armen Mädchen gemacht?«, fragte er mich entsetzt, als er Sabine, von Weinkrämpfen geschüttelt, auf dem Stuhl sitzen sah.

»Sie ist nur so ergriffen, weil sie mir das Leben gerettet hat«, erklärte ich ihm Sabines Zustand.

»Ach so«, sagte der Arzt etwas verwirrt und half Sabine auf.

»Darf ich Ihnen vielleicht eine Tasse Kaffee anbieten?«, fragte er Sabine, nicht mich!

Sabine sah dem Weißbekittelten in die Augen und nickte glücklich. Dann verließen die beiden das Zimmer.

Ist das zu fassen! Da bin ich dem Tod soeben von der Schippe gesprungen und darf das Ganze mit Kamillentee feiern! Mir hat hier noch niemand einen Kaffee angeboten, geschweige denn etwas anderes! Ich drückte den Alarmknopf für die Schwester.

»Einen Kaffee bitte, aber stark und ohne Zucker«, bestellte ich ungeduldig.

»Nix da!«, rief Schwester Ingrid streng und knallte die Tür hinter sich zu.

Der Service hier war hundsmiserabel. Ich musste zusehen, dass ich dieses Haus so schnell wie möglich wieder verlassen konnte!

Nachdem ich mir eine Telefonverbindung mit Viola hatte herstellen lassen und ihr alles erzählt hatte, was passiert war, konnte ich es kaum erwarten, dass mir Kommissar Scheffel endlich seinen Besuch abstattete.

Ob Doktor Hausmann geständig war? Mein Gott, der arme Francesco war womöglich immer noch in Doktor Hausmanns Anwesen gefangen, keiner wusste davon! Ich klingelte nach der Schwester.

»Sie bekommen nichts außer Kamillentee und Haferschleimsuppe, ich bin nicht bestechlich, das sage ich Ihnen gleich«, teilte mir die spröde Schwester Ingrid ungefragt mit.

»Sie können beides behalten, aber ich muss unbedingt mit Kommissar Scheffel sprechen.«

»Der ist bereits im Haus«, erfuhr ich zu meiner Zufriedenheit.

Kurze Zeit später ging die Tür auf, der Kommissar kam mit einem riesengroßen Blumenstrauß in mein Zimmer. Dass ich das noch erleben durfte! Er bestellte bei Schwester Ingrid eine Vase und stellte die Blumen eigenhändig ins Wasser. Sein Gesicht sah zwar müde aus, aber er wirkte erleichtert und befreit.

»Frau Kuckuck, ich bin ja so froh, dass Sie sich wieder auf dem Weg der Besserung befinden. Ihr Zustand letzte Nacht war äußerst besorgniserregend.«

»Nicht nur mein Zustand, Herr Kommissar, die ganze Situation war besorgniserregend!«

Ich begann, dem Kommissar den gestrigen Abend mit allen Details genau zu schildern. Kommissar Scheffel saß da und raufte sich zwischendurch immer wieder die Haare.

»Ich bin erschüttert, die ganze Stadt ist erschüttert, und der Oberbürgermeister hat einen Schwächeanfall erlitten, als er davon erfahren hat«, sagte er schließlich.

»Doktor Hausmann hat also schon gestanden?«

»Ja, das hat er, allerdings in der festen Überzeugung, dass sein Anwalt beweisen wird, dass er zu all diesen Verbrechen gezwungen wurde. Der Mann ist krank! Außerdem haben wir in seinem Haus in Thalhausen gestohlene Kunstschätze von unschätzbarem Wert gefunden. Der Keller war das reinste Museum.«

»Was ist mit Francesco?«, wollte ich endlich wissen.

»Der junge Mann liegt zwei Stockwerke tiefer, ich habe mich auf dem Weg zu Ihnen gerade nach seinem Befinden erkundigt. Sein gesundheitlicher Zustand stabilisiert sich langsam wieder, aber er steht immer noch unter Schock. Doktor Hausmann hatte ihn drei Tage lang eingesperrt und mit Spritzen betäubt. Zwischendurch hatte er ihm gedroht, wenn er sich weiterhin so wehre, würde er leider gezwungen sein, andere Maßnahmen zur Erziehung einzusetzen. Es muss schrecklich gewesen sein.«

»Sehen Sie, Herr Kommissar, jetzt sind Sie doch froh, dass es Ihnen nicht gelungen ist, mich nach Italien abzuschieben. Ohne mich würden Sie immer noch im Dunkeln tappen, und wer weiß, was aus Francesco geworden wäre!«

»So kann man das nicht sagen, in Italien wären Sie jedenfalls sicherer gewesen.«

»Das schon, aber …«

»Frau Kuckuck, müssen Sie unbedingt immer das letzte Wort haben?«

»Das ist nicht wahr, Sie wollen immer das letzte Wort haben, auch wenn ich im Recht bin«, konterte ich.

»Was ist denn hier los?«, fragte der junge Arzt, während er zur Tür hereinkam. »Frau Kuckuck, wenn Ihre Besuche jedes Mal so eskalieren, darf ich zur Sicherstellung Ihrer Genesung bis auf weiteres niemanden mehr zu Ihnen lassen!«

»Aber mich schon.« Doris lugte gleich hinter dem Arzt zur Tür herein und kam auf mich zu.

»Maja, Francesco und ich sind dir ja so dankbar! Wenn du nicht gewesen wärst …«

Doris unterbrach sich, als ihr die Anwesenheit Kommissar Scheffels bewusst wurde.

»Das Wichtigste ist doch, dass der Täter endlich hinter Schloss und Riegel sitzt«, rückte der Kommissar das Wesentliche wieder in den Vordergrund. »Ach, Frau Kuckuck, was ich Sie noch fragen wollte, Sie wissen nicht zufällig etwas über den Verbleib dieser ägyptischen Scherbe, wegen der Achim Rottenkolber eigentlich in der Stadt war?«

»Nein, Herr Kommissar, dazu hat Doktor Hausmann nichts Näheres gesagt.«

Doris' Gesicht nahm wieder Farbe an, nachdem sie für zwei Sekunden kreidebleich geworden war.

»Sag mal Doris, wie kam es eigentlich zur Entführung von Francesco? Das ist das Einzige, was ich immer noch nicht weiß.«

»Doktor Hausmann hatte ihn am Sonntagvormittag zu einem Geburtstags-Brunch eingeladen. Francesco hatte sich natürlich nichts dabei gedacht. Während des Essens schlich sich Doktor Hausmann plötzlich von hinten an Francesco heran und gab ihm eine Spritze, damit nahm die Sache ihren Lauf.«

»So meine Herrschaften, für heute ist die Besuchszeit beendet.«

Der junge Arzt schien wirklich sehr besorgt um meine Gesundheit zu sein.

»Also dann bis Samstag, Herr Kommissar, Sie und Ruth kommen doch zur Vernissage?«

»Aber natürlich, Frau Kuckuck.« Er verabschiedete sich Hände schüttelnd.

»Welche Vernissage?«, fragte der Arzt alarmiert.

»Na die Vernissage bei mir in der Weinstube!«

»Frau Kuckuck, ich weiß nicht, ob wir Sie bis Samstag schon entlassen können«, wandte der Arzt ein.

»Hauptsache, Frau Kuckuck weiß es«, knurrte Kommissar Scheffel vor sich hin.

Ich lehnte mich an den höher gestellten Kopfteil des Krankenhausbettes und sah zum Fenster hinaus. Aus meinem Zimmer im vierten Stock hatte ich einen wunderbaren Blick über Freising. In der Ferne konnte ich den Weihenstephaner Berg sehen, ich dachte wehmütig an ein frisches und prickelndes, goldgelbes Hefeweißbier mit einer lockeren weißen Schaumkrone.

Kurz darauf fiel ich in einen tiefen Schlaf und träumte einen wunderbaren Traum. Ich stand vor dem Chor und konnte auf einmal einen Takt schlagen. Alle Augen waren auf mich gerichtet, der Chor sang blitzsauber nach meinem Tempo ...

Mein herzlicher Dank gilt

Anne Stumvoll, Christine Zach, Gerd Munker,
Marion Heister

meinen Eltern Roswitha und Wolfram Menschick

und natürlich meinem Mann Helmut und meiner
Tochter Kathrin